古詩文雜評

丁身伟 著

暨南大學出版社
JINAN UNIVERSITY PRESS

中国·广州

图书在版编目（CIP）数据

古诗文杂评/丁身伟著．—广州：暨南大学出版社，2014.11
ISBN 978-7-5668-1110-3

Ⅰ.①古…　Ⅱ.①丁…　Ⅲ.①古典诗歌—诗歌评论—中国　②古典散文—散文评论—中国　Ⅳ.①I206.2

中国版本图书馆CIP数据核字(2014)第186533号

出版发行：暨南大学出版社

地　址：中国广州暨南大学
电　话：总编室（8620）85221601
　　　　营销部（8620）85225284　85228291　85228292（邮购）
传　真：（8620）85221583（办公室）　85223774（营销部）
邮　编：510630
网　址：http：//www.jnupress.com　http：//press.jnu.edu.cn

排　版：广州市天河星辰文化发展部照排中心
印　刷：佛山市浩文彩色印刷有限公司

开　本：787mm×1092mm　1/16
印　张：10.25
字　数：200千
版　次：2014年11月第1版
印　次：2014年11月第1次

定　价：26.00元

序

身外更有文业伟

毋庸讳言，当今之世，功利至上，人心浮躁，社会问题层出不穷。我们感到，诗情画意在越来越世俗化乃至粗俗化的潮流中渐行渐远，“风声雨声读书声，声声入耳”的学术文化氛围再复难寻。试问有多少人真正能静下心来钻研学问？在这背景中，读书人有着各种各样的尴尬与无奈。曾经那种为学术而学术，以学术为生命的荣光已多半碎为一地。然而，当一位退休多年的老教授将自己多年来的研究成果集为一册出版成书摆在我面前时，我不禁为之一震，为之肃然起敬！他就是韩山师范学院中文系退休老教师丁身伟教授。丁老师在二十世纪九十年代中期就退休了，可是他凭着对学术的热爱和执着追求，近二十年来笔耕不辍进取不止，心无旁骛地进行学术研究，这部文集就是其辛勤耕耘的成果。

老实说，和那些所谓大部头著作相比，这本册子的分量似乎显得不够重。但或正是唯其小，故精美之处如片锦碎玉充盈全书，其中尤为可贵的是对中国古代文字的考释、发掘与阐述。而这些正如学界的共识，是最能显示也最需要作者的学养与功力的。因此一位学者若能成功辨认、解读或解释一个或几个古文字，就足以奠定其学术地位。丁身伟教授在此方面的研究颇富有价值。比如他不仅成功地解读了甲骨文中“燮”字为冶铁后无意发现烧烤动物为祭品之意（见《与时俱进的古文字——“燮”字考释》），而且还通过考证否定了此前学术界认为的甲骨文中“鳏”是流泪的解释（见《“鳏”字的真正意蕴》），“朕”为掌舵人、艄公的意思，后才成为高位帝王的专称等；再如对商卜文中的“瓜”指怀孕，并从拟似、叶子、工具等加以论证其可以和“以”借用通假（见《商卜文中“以”字及其应用》），“癸”是商代以前测量土地简单朴素的水平仪器（见《商卜中“癸”是水平器》），“乙”为商代农用小木刀（见《商卜文中“乙”字考释》），“不”字在“贞戌不其乎”等商卜文中为家种的一年生植物禾麦的总名（见《商卜文“不”字辨释》），“薛”为商卜的一个图腾符号，是父权确立而女性受奴役的象征（见《“薛”字具有一定的时代意义》）等，无一不是材料翔实、考释精准、令人信服。

另外，丁教授还致力于对《诗经》作品及其文化的考释。而《诗经》之于中国文化和文学的意义，正如刘毓庆先生所言："作为'经'，我们要看到社会与历史赋予她的'深厚'与'博大'，以及其在铸造民族礼乐文化精神中的煌煌功绩；作为'诗'，则要看到她的'鲜活'与'灵动'，感受先民心灵深处的声音。"而丁教授正是从文化和文学两个方面切入对《诗经》进行研究的。其中尤其是对《诗经》十五国风中鄘风的研究用力最深。在文章中，他钩玄索隐、旁征博引，运用大量翔实可靠的材料，切入具体的历史背景与语境，不仅就令学界头疼的鄘国的地域问题、鄘国在春秋时期及整个战国时代在各国中的地位与各国关系、其灭亡与后人遗存问题以及鄘国的文化特点等作了深入而令人信服的探讨，而且很好地解读了《鹑之奔奔》、《君子偕老》、《定之方中》、《相鼠》、《桑中》、《墙有茨》等篇，许多见解确为发人之所未发。比如《鹑之奔奔》篇，他一反朱熹认为的此诗是写鹌鹑"奔奔彊彊，居有常匹，飞则相随之貌"，而是写作为少数民族、工艺之族的鄘国庶民在敌人如楚国等的侵略攻打下奔跑逃命之诗；还有《墙有茨》篇，他通过精谨的考释，认为此诗强调的就是"床笫之言不可逾越"的观点，是不外传、不外泄、有益于世的良言等（见《商周时期的民歌精品——鄘诗探源（下）》），而这些结论的得出是只有功力深厚、学识渊博、眼界开阔、思想敏锐者才能办到。

更值得一说的是，这些研究《诗经》的学术成果还是在丁老师荣退十多年后取得的。因此，退一万步说，即使丁老师并没有建构巍峨的学术大厦，其学术成果亦无特别辉煌之处，但他那种以学术为生命的治学精神和严谨治学的人生态度，足以成为学者的楷模，也足以让那些虽身在学界而庸庸碌碌者汗颜。颜之推云："古之学者为己，以补不足也；今之学者为人，但能说之也。"（《颜氏家训·卷第三勉学》）古之学者到底如何为学治学，我不得而知，但从此言观之，丁教授之于学术应当大有古之学者之风，这或许也就是《周易·乾》中所云的"进德修业"的君子吧。

丁教授如今已过古稀，杖朝之年而宝刀未老。曹孟德诗云："老骥伏枥，志在千里；烈士暮年，壮心不已。"这不正是丁老师的学人写照吗？因感佩之至，故惭为之序。

衷心祝愿丁老师生命与学术之树常青！

赵松元
（韩山师范学院教授、中文系主任）
甲午己巳丙戌于韩师

目　录

下编　文字考释

上　编

古诗文评论

韩愈南迁岭南诗歌浅论

韩愈是较早描写岭南风光的诗人之一，他是一位富于创造性的文学家，因此，他写的描述岭南风光的诗具有一定的历史意义。

韩愈在广东的经历分为三个时期。儿童时，他随兄韩会来到韶州，由于年幼，尚无诗作，只有后来几首回忆诗述及此段经历。如《过近始兴江口感怀》：“忆作儿童随伯氏，南来今只一身存。目前百口还相逐，旧事无人可共论。”这是他晚年被贬潮州路过始兴县时写的，时已相隔四十秋。这之后又有两首绝句，是酬谢韶州张端公的：“兼金那足比清文，百首相随愧使君。”第二次是中年被贬阳山的时期，第三次则是晚年被贬潮州的时期，这两个时期皆有诗作问世，但评论等文章却很少。这些诗的价值，笔者认为主要在于如实地反映了他被贬的不平和愁郁的心情，间接地控诉了封建君主的昏聩，呈现了当时世道的险恶；其次，也描写了岭南的美丽风光和荒僻落后的面貌，使人至今尚可看到当时岭南的山水人情。诗的内容情景交融，十分生动、自然。其中直抒的方式和具体描绘相结合，使诗的情景盎然。另外，诗人在被贬之时还很关心民生疾苦，也反映了诗人的思想境界。但由于他在诗中过分地发泄个人的哀怨，与柳宗元相比，这种境界还不是很高。他对岭南落后面貌的描写也有些夸张。

一

贞元十九年诗人遭贬阳山。遭贬的原因，和自己被贬之时的家境、心情，他在《赴江陵途中寄赠王二十补阙李十一拾遗李二十六员外翰林三学士》中就作了痛心的描述。当时，关中干旱成灾，饿死不少人，他便“上陈人疾苦，无令绝其喉。下陈畿甸内，根本理宜优”，本是忧民疾苦，但结果却被“反迁炎州”。离家时“中使临门遣，顷刻不得留”，则陈述了他被贬之时被迫离家的景况：妹妹卧病在床，弱妻携稚子羞愧地到厅上向中使求情而不得允，只好仓促上路。而路上雪道冰冷艰苦，洞庭湖波涛凶恶，甚为跋涉。这些情况，他又在《答张彻》诗中作了回忆：“叠雪走商岭，飞波航洞庭。下险疑堕井，守官类拘囹。荒餐茹獠蛊，幽梦感湘灵。刺史肃蓍蔡，吏人沸蝗螟。点缀薄上字，趋跄阁前铃。赖其饱山水，得以娱瞻听。紫树雕斐亹，碧流滴珑玲。映波铺远锦，插地列长屏。愁狖酸骨死，怪花醉魂馨。潜苞绛实坼，幽乳翠毛零。”诗中从道路的艰难到住地人事的险恶都作了描述，诗人虽是借景抒情，但联系其当时的被贬遭遇，读者也能领会到当时政治的腐败。这在他《岳阳楼别窦司直》诗中表达得更清楚：“追思南渡时，鱼腹甘所葬。严程迫风帆，劈箭入高浪。颠沉在须臾，忠鲠谁复谅？”但当时的韩愈仍感到“生还真可喜，剋己自惩创”。

诗人在《别知赋》中写到他被贬的时间是：“岁癸未而迁逐，侣虫蛇于海陬。”进入韶州正是春天：“南方二月半，春物亦已少。维舟山水间，晨坐听百鸟。宿云尚含姿，朝日忽升晓。羁旅感和鸣，囚拘念轻矫。潺湲泪久迸，诘曲思增绕。行矣且无然，盖棺事乃了。”（《同冠峡》）面对春景，反而倍增囚徒羁旅之感。这固然是基于忠心而受贬的抑郁之心，但客观上岭南的荒凉也增加了他的离乡愁绪。当时的阳山虽于神龙九年已有建制，但仍无丞尉，到处仍显贫瘠落后的景象。这种情况他在《送区册序》中就写得很清楚：“阳山，天下之穷处也。陆有丘陵之险，虎豹之虞，江流悍急，横波之石，廉利侔剑戟。舟上下失势，破碎沦溺者，往往有之。县郭无居民，官无丞尉，夹江荒茅篁竹之间，小吏十余家，皆鸟言夷面。始至，言语不通，画地为字，然后可告以出租赋，奉期约。”此段说出了他当时为官办事之难，因此他深感：“十生九死到官所，幽居默默如藏逃。下床畏蛇食畏药，海气湿蛰熏腥臊。”（《八月十五夜赠张功曹》）而当时的官衙四周环境怎样呢？他在《新竹》、《县斋读书》等篇中也有反映：“哀狖醒俗耳，清泉洁尘襟。”“笋添南阶竹，日日成清閟。缥节已储霜，黄苞犹掩翠。出栏抽五六，当户罗三四。”他在这里住了一年之后，心情已较为安定：“投荒诚职分，领邑幸宽赦。”在无可奈何中也聊以自慰：“谪谴甘自守，滞留愧难任。”在这种情况下他有时也读书，回想自身的经历，终于认识到了世道的险恶。他说：“人情忌殊异，世路多权诈。蹉跎颜遂低，摧折气愈下。”（《县斋有怀》）所以又不免自怨自艾，忧虑自己的前途：“今者无端读书史，智慧只足劳精神。”他说：“三年窜荒岭，守县坐深樾……幽穷共谁语，思想甚含哕。”（《送文畅师北游》）这些诗的可贵之处在于情景真实。唐朝诗人虽多，但像他这样全面描绘岭南风光的诗人是极少的（唐初有陈元光、宋憬、张九龄等）。

从自然环境来说，他在《县斋有怀》中写道：“湖波翻日车，岭石坼天罅。毒雾恒熏昼，炎风每烧夏。雷威固已加，飓势仍相借。气象杳难测，声音吁可怕。”这里虽有些渲染和夸大的成分，但皆是他根据从与北方的比较中所产生的感觉而写出，因此，也具有一定的真实性。这对于了解唐朝的岭南气候有重要的参考价值。这一点，他在别的篇章中也一再提到。如写入韶时的州境："江盘峡束春湍豪，雷风战斗鱼龙逃。悬流轰轰射水府，一泻百里翻云涛。漂船摆石万瓦裂，咫尺生命轻鸿毛。"（《贞女峡》）这首诗雄奇瑰丽，比喻新颖，形象逼真，既写出了当时韶州山川的特点，也表达了他当时的心境——他于此时已把生死置之度外。韩愈这类诗还有很多，确实都有其特点。如在《送惠师》中，写庐山就写山掩云水："崔崒没云表，陂陀浸湖沦。"写南方罗浮山就突出亚热带气候的特点："大哉阳德盛，荣茂恒留春。鹏骞堕长翮，鲸戏侧修鳞。"在太阳照射下，整个罗浮山广阔无边，如鹏长翮；四周水域闪光耀眼，如海鲸修鳞，这些比喻都十分贴切、新颖。韩愈写景确实很注意运用有特色的物象或景象，如在阳山时他写日出景观："夜半起下视，溟波衔日轮。鱼龙惊踊跃，叫啸成悲辛。怪气或紫赤，敲磨共轮囷。金鸦既腾翥，六合俄清新。"这里写出了日出的磅礴气势，表达了他备受鼓舞之情。日出鱼龙跃，六合清新而兽类潜逃，更富有地方特色。岭南风光确实给了诗人深刻的印象，以至于后来他被召为国子博士时仍有清晰的记忆。他在《喜侯喜至赠张籍张彻》中就写道："地遐物奇怪，水镜涵石剑。荒花穷漫乱，幽兽工腾闪。碍目不忍窥，忽忽坐昏垫。"这里写出了岭南野兽众多，以致他不敢外出的心迹。而他与区册相处时心情却十分悠畅。他或"翳嘉林，坐石矶"，甚至还"投竿而渔，陶然以乐"，这显然反映他已怡情山水。在这种情景中，他有时也反映当时的农村生活，"禾麦种满地，梨枣栽绕舍"写出了五谷丰登的实况。置身于这样的情景中，他已感到"今日岭猿兼越鸟，可怜同听不知愁"。（《湘中赠张十一功曹》）这都是从静态方面写景抒情。而气候多变也是岭南的一个特点，因此他也常提及："南裔多山海，道里屡纡直。风波无程期，所忧动不测。"（《赠别元十八协律六首》）另外，道路难行的情况更为突出，这在他的诗中也有所反映。如在离开阳山前往郴州的路上，他写道："阳山鸟路出临武，驿马拒地驱频隤。践蛇茹蛊不择死，忽有飞诏从天来。"（《忆昨行和张十一》）

二

韩愈被贬潮州时的心情，比被贬阳山时更为悲苦，一是路途更远，二是他年纪更大，且体弱多病。这种心情集中体现于《左迁至蓝关示侄孙湘》一诗中。诗的内容突出表现了岭南路远而瘴气重的特点，预示着"去无生还"结局，其悲愤之情溢于言表，因此，到了韶关就借泷吏之口加以抒发。而这恰好写出了当时潮州地处滨海的特点。他说："岭南大抵同，官去道苦辽。下此三千里，有州始名潮。恶溪瘴毒聚，雷电常汹汹。鳄鱼大于船，牙眼怖杀侬。州南数十里，有海无天地，飓风有时作，掀簸真差事。”（《泷吏》）此诗已有不少人分析过，其中对于潮州的描写未免太可怕，而对自己的被贬，则又未免过于感伤，宋代诗人陆游就曾评价他缺乏男子气概。其实当时的潮州由于得天独厚，渔牧、农林各业均已有相当的发展，所以有“稻得再熟，蚕亦五收”的记载。唐德宗贞元年间，御史中丞李宿曾为此在葫芦山上建“观稼亭”，反映了当时农业生产的繁荣。韩愈本人在被贬潮州之前曾写《送郑尚书赴南海》一诗介绍岭南情况：“番禺军府盛，欲说暂停杯。盖海旗幢出，连天观阁开。衙时龙户集，上日马人来。风静鶢鶋去，官廉蚌蛤回。货通狮子国，乐奏武王台。事事皆殊异，无嫌屈大才。”而后在《送桂州严大夫》中他也写道：“苍苍森八桂，兹地在湘南。江作青罗带，山如碧玉篸。户多输翠羽，家自种黄甘。远胜登仙去，飞鸾不暇骖。”两诗均把岭南写得很好，与被贬之后所写的潮州之景形成鲜明的对比。这显然是他双重性格的表现。这一点，在他的《初南食贻元十八协律》中也有所表现：“我来御魑魅，自宜味南烹。”诗中他把潮州视为魑魅之地。这不仅表现了他对潮人的鄙视，还反映了他与人民之间的距离。比起同时被贬于柳州的柳宗元来说就相差甚远。柳宗元在柳州吃过虾蟆，并且把虾蟆比作豢豹（词出自西汉枚乘《七发》：“山梁之餐，豢豹之胎”），把吃虾蟆这件事视为乐事加以歌颂，并附书告知韩氏，而韩愈却对这种行为加以讥讽：“而君复何为，甘食比豢豹。猎较务同俗，全身斯为孝。”（《答柳柳州食虾蟆》）从这一比较中可以看出两人对岭南感情的不同。所以，柳宗元逝于柳州不久，当地人即立祠纪念他，而韩愈则直到北宋才由陈尧佐主祀之。

三

从体察民情、同情民苦来说，韩愈在潮州确是做了一些好事，如驱鳄、释放奴婢、兴学施教、关心农桑等，但他很少用诗歌来表现这方面的内容。只有《宿曾江口示侄孙湘二首》，是他来潮州经过增城路遇洪水而写的。其中第一首值得注意：“云昏水奔流，天水漭相围。三江灭无口，其谁识涯圻？暮宿投民村，高处水半扉。犬鸡俱上屋，不复走与飞。篙舟入其家，暝闻屋中唏。问知岁常然，哀此为生微。海风吹寒晴，波扬众星辉。仰视北斗高，不知路所归。”曾江在今增城境内，暮春三月发生洪水。前四句写洪水的水势，中间八句具体写洪水泛滥情况，表达了韩愈对人民的同情，最后四句写出了自己的茫然心境。全诗笔力雄健，感情深沉。另外他在长诗《泷吏》中说：“工农虽小人，事业各有守。不知官在朝，有益国家不。得无虱其间，不武亦不文。仁义饰其躬，巧奸败群伦。”这里既有对工农守业的肯定，也有对不从事实业、奸巧败伦的为官者的谴责；然而他认为工农是小人，这与他写的《师说》中的“巫医乐师百工之人，君子不齿”的观点一致。

四

韩愈的这些南贬诗，内容广泛，不仅写了他自己的生活与环境，也表现了南来北往的路途中的情景，皆有景有情，真正做到“一切景语皆情语也”。其特点是真实、自然，大部分为古诗形式，活泼自由。很多诗作是他在羁旅途中写成，因此感情奔放，毫无掩饰，所以也就感人至深。其中一首五言古体诗《泷吏》，以问答抒议，用口语于白描，写得朴拙而传神。沈德潜《唐诗别裁集》中说：“借吏言以规讽，自嘲亦自宽解也。从古乐府得来，韩诗中之别调。”

汉赋中的祓禊风俗

一

什么叫祓禊呢?《集韵》解释:“禊,上巳祭名。”《风俗通》:“禊者,洁也。”即是说祈求江河之神灵,赐洁净,保平安,消灾难。《说文解字》:“祓,除恶祭也。”《周礼·春官·宗伯》:“春招弭,以除疾病。”这就是说在春天招来福庆,消弭凶灾祸害,除去身上的祸患。周朝时还专门设立了掌管祓禊的官员:“掌岁时祓禊衅浴。”在古代,由于生产力低下,科学文化不发达,因此人们崇拜动物、植物、气象等,认为一切东西皆有神灵。即便是洗澡这种日常小事,也要请求水神同意并给予保佑。杜笃在《祓禊赋》一文中介绍得颇详细:“巫咸之伦,秉火祈福。浮枣绛水,酹酒醲川。”这里,有专门的迷信职业者参与及主持祭拜,并且有繁盛的烟火,同时还要向江中(即水神)撒红枣、洒香酒等。博学的韩非子曾指出:“河伯,大神也。”商朝的武丁时期有一条卜辞是祭拜黄河神的:“贞,于南方将河宗。”可见河神的出现年代甚为古远。《广雅》谓“江神谓之奇相”。《山海经·海外东经》:“朝阳之谷,神曰天吴,是为水伯。”随着时代的推移,后代就直接将“江神”叫作江妃。既然我国境内的江河都有神灵专管,那么人们要到江河中去洗濯除垢——祓禊,就要向管理江河的神灵打一声招呼。柳宗元在《柳州峒氓》一诗中云“鸡骨占年拜水神”,可知祓禊祭水神的风俗,有其来历。

汉朝的张衡曾较详尽地介绍了祈福除灾的来龙去脉:“天地之德,莫若生兮。帝育蒸人,懿厥成兮。六气淫错,有疾疠兮。温泉汩焉,以流秽兮。蠲除苛慝,服中正兮。熙哉帝载,保性命兮。”使我们可从另一角度认识并了解祓禊的目的。张衡担任朝廷史官的时间颇长,深谙天文地理、易经、历法等知识,且又是一个多产的赋家,所以对祓禊谈了很多,写得也很详细。这是其他赋家所不能比拟的。汉赋中所描述的这类活动,与先秦时代的活动大同小异。“郑国之俗,三月上巳之溱洧两水上,招魂续魄,秉兰草祓除不祥。”这项资料是大家所熟悉的,与汉赋加以比较,更能帮助我们理解祓除风俗。著名的桑间,是卫国男女歌唱相会的地方,在水之滨,离不开水。

二

再研究祓禊的时间及场所吧。祓禊最常见的时间是暮春三月。扬雄记载蜀地暮春时的活动情况：“若其吉日嘉会，期于倍春之阴，迎夏之阳。”送春迎夏，这又是一个时间、一项内容。春和夏是多发病的季节，且劳动强度较大，祈福消灾，就显得更为必要。又有另一种情况：碰上急务在身（包括公务或私事），非要踏上征途不可，因此不可能参加常居之地的祓禊，那么也可以在别的地方参加此种活动。张衡在其《温泉赋》中表述的就属于这一类情况。他说：“阳春之月，百草萋萋。余在远行，顾望有怀。遂适骊山，观温泉，浴神井，风中峦。”这位科学家兼赋家在《南都赋》中明确地写道：“于是暮春之禊，元巳之辰，方轨齐轸，祓于阳濒。”东汉末“建安七子”之一的徐干在《齐都赋》中提及：“青阳季月，上除之良，无大无小，祓于水阳。”两例除提到暮春这一特定时间外，还提到“水阳”——水的北岸，阳光更充足、更温暖些。东晋时的王羲之在其著名的《兰亭集序》中提到：“永和九年，岁在癸丑，暮春之初，会于会稽山阴之兰亭，修禊事也。”会稽在南方海滨，是祓禊之类活动中地理位置最靠南的了。唐代诗人杜甫在诗歌《丽人行》中高唱：“三月三日天气新，长安水边多丽人。”社科院文学研究所编的唐诗选集中注释此句：“古人三月三日为上巳日，多到水边春游祭祀，除灾求福，实际上成了春游宴会的节日。”祓禊与春游紧紧联在一起。

但是，还有一个祓禊的时间，在诗文中极少见，人们并不熟悉。“建安七子”之一的刘桢在《鲁都赋》中写道：“及其素秋二七，天汉指隅，民胥祓禊，国于水游。”全鲁地的老百姓在初秋的七月十四这天到江河去洗澡求福。关于秋天祓禊的记载，他处未见，因此笔者推测这一风俗可能在汉末才出现，且流行地域有限。

杜笃写到的水域最为明确。他说祓禊的人“用事伊洛”，祓禊的地点就在黄河南面的伊水和洛水，即洛阳周围的地方。而东汉的京都就在洛阳，曹魏建都于许昌，亦属于伊洛的范围。西汉时的枚乘在《梁王菟园赋》中写道：“于是暮春早夏，邯郸、裴国、易阳之容丽人及其燕饰子相与杂踏而往款焉……因更阴逐心相秩奔隧林临河……”梁园方圆三百余里，是鲁豫皖三省的交会处，且南控江淮、北临河济，水域丰富，是祓禊的好地方。“用事伊洛”就是指向洛水之神祷告。“古人有言，斯水之神，名曰宓妃”。洛水之神，建安时期的不少作家曾用赋这种抒情文体对其加以刻画，其中曹植的《洛神赋》最负盛名，另外，还有杨修、王粲、应瑒写的《神女赋》，均说明洛神是备受社会重视的。白居易诗云：“西京闹于市，东洛闲如社。”刘禹锡写得更有意思：“洛下今修禊，群贤胜会稽。”有闲与修禊，都是抽出时间到野外江河边去游玩，其实质应该相同。

晋朝的王嘉在《拾遗记》中有一节文字涉及祓禊的活动，其对祭拜对象的描绘，自有另一种风情：江汉之人“至暮春上巳之日，禊集祠间，或以时鲜甘味，采兰杜包裹，以沉水中。或结五色纱囊盛食，或用金铁之器，并沉水中，以惊蛟龙水虫，使畏之不侵此食也。其水傍号曰招祇之祠”。“招祇”的意思与“招弭”相同，都是招魂续魄的意思。然而水傍之祠的说法却是别处所未曾出现过的。《左传》：“昭王之不复，君其问诸水滨。”即周昭王巡狩，死在汉水之中。周朝及其属国在攻伐楚国时，常常以此为借口。所以招祇之祠，可能与周昭王有关。此处，祈福消灾的活动，因祠的存在而更加清楚。而对于祭品的处理也是别的资料所未提及的。祭品要用兰草、杜若等香草包扎并投入江中，以避免被水中之物侵食，而这些祭品可能是送给死于此江的周昭王食用的。

祓禊，有的地方与祭祖、祭图腾联系在一起，这种现象有其深远的历史源流。扬雄介绍蜀地时曾写道：“昔天地降生，杜鄘密促之君，则荆上亡尸之相。厥女作歌，是以其声，呼吟靖领，激呦喝啾，户音六成，行夏低徊。”这与李白的《蜀道难》参照，其中关于始祖的传说，更为清楚：“蚕丛及鱼凫，开国何茫然！尔来四万八千岁，不与秦塞通人烟。”再查《蜀志》：“古时有蜀王杜宇，号望帝，后禅位出奔，其时子鹃鸟鸣，蜀人因思念杜宇，故觉此鸟鸣声悲切。”“杜宇”与“杜鄘”同音，与鱼凫音近，可能是同一人。扬雄还说：“胥徒入冥，及庙噌吟。”可知此是杜宇之庙。

还有一条资料出自《西京杂记》：“正月上巳，出池边盥濯，食蓬饵，以祓妖邪。”正月到江边洗濯消除祸患，甚为少见。但这与扬雄在《蜀都赋》中所写的相同。扬雄记载：“尔乃其俗，迎春送冬……”迎春送冬与正月上巳的时间相同，可以互相比较。

为什么许多汉赋要写祓禊之事？查找文献记录，原来《晋书》记载着：“汉仪，季春上巳，官及百姓，皆禊于东流水上，洗濯祓除，去宿垢。而自魏以后，但用三日，不以上巳也。”这样，我们就明白了汉赋之所以多写祓禊之事，是与汉朝的行事日程一致的，也是当时社会生活的反映。而且汉朝的书写条件比先秦优越，因此撰文的就多起来了。记载中对三月三日的祓禊活动环境的描述介绍，随着历史时间的推移而显得愈加细致精彩。

虽然官员及百姓都要参加洗澡除污之礼，但在汉赋中提及参与祓禊活动的人物多属于上层阶级。这是由于经过赋作者筛选而导致的结果，因为有的祓禊活动是作者亲身参加的，而作者亦是上层阶级中的一员。徐干说得最全面：不论大人小孩，不论贵族或是普通百姓，都要到江河去洗濯以除污垢。刘桢亦说："民胥祓禊，国于水游。缇帷弥津，丹帐覆洲。盖如飞鹤，马如游鱼。"鲁地毗邻黄海，会游水的人较多，所以有的人就边游水边洗澡，但从用物方面来看，有钱人占的比重大。东汉张衡写道："方轨齐轸，祓于阳濒。朱帷连网，曜野映云。男女姣服，骆驿缤纷……齐童唱兮列赵女，坐南歌兮起郑舞。"这里不仅人物众多，而且服饰鲜丽，歌舞盛大。毫无疑问，参与者是达官贵人之流。《后汉书·张衡传》记载："不好交游俗人"，又"时天下承平日久，自王侯以下莫不逾侈"。所以说张衡写的关于祓禊的内容以上层人物居多是说得过去的。枚乘写道："邯郸、裴国、易阳之容丽人及其燕饰子相与杂踏而往款焉。车马接轸相属，方轮错毂。接服何骖，披衔迹蹶……相秩奔，隧林临河……"可以看出这些参与者都属于上层社会。

杜笃在赋中写道："王侯公主，暨乎富商，用事伊雒，帷幔玄黄。于是旨酒嘉肴，方丈盈前，浮枣绛水，酹酒酿川。"这类人一般是与位高权重的官员及王侯交往的巨商。西汉时期那种以防商人剥削农民而不准其穿丝绸、骑大马的俭朴时代已一去不复返了。作者特别指出其丰盛的食品、高贵的用物和漂亮的帐篷，描写虽然有点夸张，但离事实并不是很远，足见西汉末至东汉末这一时期上层社会的奢侈。第二类人是美女、贵妇，作者着重写其楚楚动人的姿态、华丽的衣着以及昂贵的首饰："若乃窈窕淑女，美媵艳姝，戴翡翠，珥明珠，曳离袿，立水涯。微风掩壒，纤縠低回。兰苏肦，感动情魂。"与此一脉相承的是"三月三日天气新，长安水边多丽人"。枚乘简洁明了地点出游春与爱情的关系："于是妇人先称曰：春阳生兮萋萋。不才子兮心哀，见嘉客兮不能归，桑萎蚕饥，中人望奈何！"这与《诗·郑风·溱洧》主旨相同，却又受《诗·曹风·候人》的影响："婉兮娈兮，季女斯饥。"

第三类人是满腹经纶的高才逸士："若乃隐逸未用，鸿生俊儒，冠高冕，曳长裾，坐沙渚，谈诗书，咏伊吕，歌唐虞。"这些人坐在沙滩上，以古讽今，是一群怀才不遇的人。这些人颇为特别，但将要被人遗忘，作者无限感慨地予以同情。这使我们想起孔丘的话。孔子问及曾皙的志向，曾皙平静地回答："莫春者，春服既成，冠者五六人，童子六七人，浴乎沂，风乎舞雩，咏而归。"曾皙的理想不大，但孔子却对此表示赞赏，颇有同感。由于孔子干政不成，亦有怀才不遇之叹，与第三类人颇一致。

第四类人则是招神降福的："巫咸之伦，秉火祈福。"此类人，在其他诗赋中极少被提及，祓除不祥、招求平安、招魂续魄是这些人的职责。祓禊的礼到底如何？为什么洗澡是求福消灾？巫棍的介入，礼节自明，性质自白，不言而喻，如西南地区的基诺族，把三月三日的活动与祭创始祖——鳄鱼图腾结合在一起，这样一来，也就把求福与纪念祖先结合在一起，其历史渊源更为清晰。“三月三日歌节，是迎接特屈（鳄鱼，即龙子），实际是对鳄鱼图腾的祭拜。此日狂风大作”。（引自唐善纯《中国的神秘文化》）而东北的朝鲜族“于三月三日祭祖时，同时举行春游活动，在青山留连忘返”。（同上）由此可见，游春也好，祓禊也罢，其地域遍及我国各个地区，且不论汉族还是少数民族均参与其中。

扬雄在《蜀都赋》中叙述得亦很周详。此文是他的成名之作，文字朴素，思想纯洁，更能反映并说明真实的历史。“百金之家，千金之公。乾池泄澳，观鱼于江。”四川多江流水域，观鱼这种特色是其他地方所未见的，很特殊。他又写道：“侯、罗、司马、郭、范、畾、杨，置酒乎荣川之闲宅，设坐乎华都之高堂。延帷扬幕，接帐连冈。众器雕琢，早刻将皇，朱缘之画，邠盼丽光。龙蛇蜿蜷错其中，禽兽奇伟髦山林。”这些文字介绍了蜀都大族的活动及其用物，其中对器皿的描绘十分精彩，涉及历史文化及工艺美术，很有价值。张衡在其《温泉赋》中曾描绘：“于是殊方交涉，骏奔来臻。士女晔其鳞萃，纷杂逐其如烟。”可知参加者来自各地，像庆祝节日一样在此集合活动，但仍然是上层人物居多。杨修的《节游赋》写的是春游：“仰溯凉风，俯濯纤腕。”他对春景的状写很精彩：“游乎北园，以娱以逞。钦太时之统气，乐乾坤之布灵。诞烟煴之纯和，百卉挺而滋生……或素华而雪朗，或红彩而发赩。绿叶白蒂，紫柯朱茎……嗟珍果之丛生，每异类而绝形。”此段内容将天气、花卉、奇果均表述得很精细形象。

唐朝的康骈在《剧谈录》中描写长安曲江祓禊的景况：“花卉环周，烟水明媚，都人游玩，盛于中和（二月一日谓之中和节——引自《武林旧事》）、上巳之节，彩幄翠帱，匝于堤岸，鲜车健马，比肩击毂。”这些文字与汉赋近似，可以说明风俗的传承性，进而可以了解古代的社会生活情况。

总之，祓禊最常见的时间是暮春上巳，但还有例外的正月上巳、中和节和七月十四日。除灾去垢是祓禊的主要目的。祓禊是一个盛大的节日，人是这项活动的主体，因此，描述参加者自然是主要的。汉赋的这些影响可谓深远矣！

鄘是商周时的文明国[①]

——鄘诗探源（上）

一、鄘的地域

孔丘对鄘国没有留下什么文字记述，后代的朱熹等大师对鄘国的诗歌亦只字不提。可怜的鄘国及其诗歌被历史遗忘了。近年考古学家发现了鄘国的遗址，张良皋先生作了论述。笔者不自量力，在此亦作些评说。

周公旦杀了武庚，分散了殷的高官，并把卫赐封给康叔，于是康叔成了卫的始祖（他先被赐封康地，在今山西省，故称康叔）。“使康叔都朝歌，统商都周围及殷民七族。”［周旦诛杀商纣之子武庚以及管叔并放逐蔡叔（周公顾念家族之情，而没把蔡叔诛杀，只是将他放逐至较荒远的蔡水地方，故后称蔡叔）。］尔后，康叔接管原朝歌地区的商族遗民，成为卫国。朱熹写道：“邶、鄘，不详其始封。”经笔者查证，邶（今山西偏北地区）、卫在朝歌地区，“卫本旧观邑，姚姓”。鄘即庸，独立国，绝不可能属于卫。庸、卢、濮、彭等参加周武王伐纣的国家，是在商代就存在的国家。

鄘国在公元前611年被楚、秦、巴三国联军消灭而被瓜分。三国分别在鄘的北边、西边、南边。鄘在黄河的南边，因此并不可能是在河北的卫。

公元前3000年左右的鄘国地域的大巫山文化以及湖北京山屈家岭文化被考古工作人员发现，这是近年的事。前598年，有“王问诸屈巫”的记载。周朝获得天下后，中原地区几乎都是新封的周族小国，唯有朝歌附近的邶、卫，以及汉水一带的鄘国是原来的小国。后人均把其归于卫，因而造成理解上的混乱。

鄘国的地域在今湖北省十堰市及其周边的一些地方，包括汉中平原、大巴山、巴国（今重庆部分地区，巴建国时间较晚），南至长江两岸，至今仍有上庸、下庸的地名遗存，东边曾及方城（今河南）。据张良皋先生估计：“面积在4万平方公里以上。”

后人把鄘国及其诗歌归入卫，是没道理的。《桑中》有：“云谁之思？美

① 本书涉及“鄘”字时，在一般陈述中均用“鄘”字，涉及具体引文，则保留原引文用字。

孟庸矣。”朱熹注曰：“庸，未闻，疑亦贵族也。”不知道鄘地，又怎么评价鄘诗呢？他又说：“邶、鄘，不详其始封。”古人尚且对历史这样认识，则历来的评论亦如瞎子摸象，糊涂不清了。卫国地跨河北、河南，大部分在郑州以东至济水南边。新郑（东周时，今郑州）的西边有许国、隋、邓、彭、卢、罗等百濮之国，后来又增加流杂城、陆浑国、西王母祠。前712年，郑与齐、鲁一起攻打许国，许被打败，退至许（今许昌）的最东边，但仍然不断被蚕食侵吞。而鄘国之名，孔子没有提及，但在文献中还有一些遗存。

前538年，“晋人问陈之罪”。（郑子产）对曰：“昔虞阏父为周陶正，以服事我先王……庸以元女大姬配胡公，而封诸陈，以备三恪。”这个庸大姬，笔者认为就是指鄘国人。胡公为陈始祖，是周武王时的事。鄘、陈者被称为戎蛮人。

前11世纪，周武王与鄘等八百诸侯一起讨伐商纣。周武王曰：“……及庸、蜀、羌、髳、微、卢、彭、濮人，称尔戈、比尔干、立尔矛，予其誓。”这是最早提及鄘国的资料。鄘国是参战国的获胜者。因为鄘国是获胜者，不但保护了自己的一切财富、地域及文化，而且可能获得了一些新的土地。由此推断，在西周及春秋时期，鄘国不但获得了生存权，而且其物质及文化亦得到了相应的发展。所以，张良皋全面地评价：“庸国是制陶大国、诗歌大国、器乐大国、筑城大国、营建大国、冶铸大国、造历大国、农业大国，它完全可能是领先跨入文明门槛的国家。”①

春秋之前，礼（其实是等级制度）是很重要的，周族与非周族的人的地位大不相同。《左传》在前712年写道：“滕侯曰：‘我，周之卜正也。薛，庶姓也，我不可以后之。’”可见等级多么森严！

孔安国曰：“庸、濮在江汉之南。”

前16世纪，汤商有三亳；其中，西亳在今天的湖北偃师西边（或曰商密）。偃师二里头已发现商朝早期的宫址。这里的大部分土地属于后来的鄘地。鄘国处在商朝朝歌的西南方，距离京都不远，所以一定受到商朝的诸多文明包括生产技术、手工技术、精神文化等的影响。鄘国比周朝所封赠的新诸侯国（有40多个）有更好的文明基础。不管是鄘国还是百濮，都是庶民或更低一层的人。由此可知，鄘、濮是百业之奴隶，为工、为农、为渔之臣（奴隶），以至治文治史，为巫或治丧的。我们不妨参照一些事例。周赖秦非子的养马而多战马。秦朝有专门制作陶俑的大场所（从兵马俑而知道）。②

前658年，管仲“分齐国为十五士乡与六工商乡”。工商乡是把工人商人集中在一处居住，专门经营商业或制作工业用品的地方。有记载云：“寝工、

① 张良皋．寻找湮没三千年的庸国都城．羊城晚报，2008-10-06.

② 沈起炜．中国历史大事年表．上海：上海辞书出版社，1983.11.

工尹，勤先君也。”工人奴隶制作的工艺品是供君王使用的。前589年，卫国遭受楚国的侵略，“赂之以执斫、执针、织纴、皆百人”。卫国贿赂楚国，用的是有专业技艺的三种人，即木工、针工、纺织工，共300人。可见专业工人有利于提高生产能力，地位十分重要。《说文解字》：“庸，用也。”在奴隶社会，鄘人亦是奴隶，专门为贵族服务。

前506年，楚国战败，“楚莠尹然、工尹麇，帅师救潜……左尹郤宛、工尹寿，帅师至于潜”。这些人的身份、职务并不高，大概是小臣或奴隶之流。前562年，“小国之事大国也，苟免于讨，不敢求觋”，这就是小国的处境。

前543年，“子产使都鄙有章，上下有服，田有封洫……”他分地区分工种，专职专业，使农业能分工管理、细化而有条理。“昔虞阏父为陶正，以服事我先王。我先王赖其利器用也。”虞氏是专门制作陶器的一族。前554年，楚国人曾说，晋国人“其卿让于善，其大夫不失守，其士竞于教，其庶人力于农穑。商工皂隶，不知迁业”。[①] 晋国的各种职业各种分工都很明确。《左传》记载：齐国战败，“赂晋侯以宗器、乐器。自六正、五吏，三十帅、三军之大夫、百官之正长、师旅及处守者，皆有赂，晋侯许之”。受贿的人物，遍及军队的大小官员，数量甚多。又记曰：“晋侯赏桓子狄臣千室。”以奴隶（即臣）为赏赐，是奴隶社会的特质。商代的甲骨文有“臧获”记载，即捕获了敌人，作为奴隶使用。

《吕氏春秋》：“尧有丹水之战，以服南蛮。”[②] 丹水在今湖北，鄘的东北边，至今丹溪水仍很充沛，是南水北调的一个水源站。这地方即古代的商密县，亦是后来的六百里商于之地。《水经注》：“欢举之山，洛水出焉。东与丹水合，水出西北竹山东，南流注于洛。”[③] 竹山竹水这个地方，是鄘国的中心地带。这里有山陵、丘阜、原野、湿地，生活物资十分丰裕，在以狩猎、采摘为生的上古时代，较容易讨生活。

“堵水又东北经上庸郡，故庸国也。”[④] 郦道元明确地指出鄘国的地理方位，对我们正确理解鄘诗有特别的意义。

“汤溪水出上庸界。”远古时代，这里有大溪文化，屈家岭文化。

皇甫谧曰：“帝喾作都于亳，偃师是也。”这就是商于之地域。

汉水东部有流杂城（逃亡的人居住的地方）。“巴蛮有五姓。”三川有鄤聚，今蛮子国，附近有汝水。《左传》记载，前703年，“邓南鄙鄾人攻而夺

① 左丘明．左传．长沙：岳麓书社，1988. 11.

② 吕不韦．吕氏春秋．长沙：岳麓书社，1994. 188.

③ 郦道元．水经注．长沙：岳麓书社，1989. 224.

④ 左丘明．左传．长沙：岳麓书社，1988. 420.

之币，杀道朔及巴行人”。

《穆天子传》写道：“周穆王西征犬戎，回经庸入南郑。”南郑在汉水上游。鄘在南郑东南。由此可证，鄘的位置及存在，并非康叔的卫国。

《水经注》有文：“河水又东合庸庸之水……水多黄贝，伊洛门也。”[①] 伊洛门即旧賨国所在地。这里的黄贝、賨国告诉我们，在商朝或周朝，这些国家为当时最大的奴隶主王朝提供贝壳这种货币。

“泛水（与沔水、岩渠同一水系）又东迳巴西，历巴渠北新城、上庸。”这则资料来自《水经注》，点明了鄘国的位置。魏文帝合房陵、上庸、西域，立以为新城郡。“堵水又东迳方城亭南。”方城即方山，在鄘的东北角，一度属于鄘国，后被楚国侵占。

前 703 年，楚送巴从鄂西迁往川东时，被邓地（大约在襄阳西北方）鄾姓人所劫杀。从此以后，巴人巴姓的称谓才较明确。巴人是楚的同姓。

二、受侵凌的鄘国

春秋时期及整个战国时代，战争不断，不少弱小国家被侵吞消灭。小国的弱点较多，比不上大国多才善谋。前 714 年，“汉东之国隋为大，隋张（张扬胜利）必弃小国，小国离，楚之利也”。战争时各小国不能互相关照，必定分离失败。前 714 年，“郑败戎，戎不相让，不相救，无行伍”。戎国等如此，怎能不败?

“隋侯逸，获其戎车及戎右少师。”这是把隋国作为戎看待。隋侯有蛇珠及完整的编钟出土，证明其存在。

今天的安陆，即古时的郧国。前 701 年，郧等国的军队攻打楚国，但被楚武王打败。

大约在前 9 世纪，“夷王时楚熊渠兴兵攻庸”。熊渠是楚国第三代，已敢攻打老牌鄘国。

前 704 年，“楚武王攻隋，俘少师”[②]。

前 678 年，楚文王 12 年“灭邓”。“洛阳西北四十二里，故邓乡矣。”小国不断被消灭，鄘国更孤立了。由此推知，隋、邓、郧是百濮之族。邓、郧大概是专门制作陶器的人，其族姓泄露了这一点。

前 675 年，楚文王抵抗巴人，在湖北枝江西边（即津）被巴人打败。这次失败，导致楚文王病死。楚的都邑曾在枝江。约前 549 年或稍后，楚都搬迁至郢。江陵西北边有纪南城，楚文王自丹阳徙至此地，平王城之。班固曰：“楚之郢都也。”“千里江陵一日还”的江陵，地点在长江北岸，反证与位于

---

① 郦道元．水经注．长沙：岳麓书社，1995. 234.

② 左丘明．左传．长沙：岳麓书社，1988. 20.

河北的卫没关系。

前634年，楚成王灭亡夔国。楚国责曰："夔子不祀祝融与鬻熊，楚人让之。对曰：'我先王熊挚有疾，鬼神弗赦而自窜于夔。吾是以失楚，又何祀焉？'"①"三虢有故焦国。（周）武王以封神农之后于此。"神农的后代即祝融，神农之名古今相传。夔与楚同姓，地理方位在秭归周边。秭归在长江北岸，一度是鄘地。《地理志》中写道："江沱出西，东入江是也。其地故罗国，盖罗徙也。罗故居宜城西山，楚文王又徙长沙，今罗县是矣。县西三里有津乡；津乡，里名。"屈原说："朕皇考曰伯庸。"由此可知，屈原的始祖宗曾为鄘国之伯。屈原的根柢在鄘国，长沙的汨罗是屈原的第二故乡。

"汤溪水出上庸界"，考古在其附近发现了屈家岭（称为屈家岭文化），这可能是屈原老祖宗的所在地。屈家岭在西周初归进罗国。罗国在三川的南边。夷水（蛮水）"又东南迳罗川城，故罗国也。又谓之鄢水，《春秋》所谓楚人伐罗渡鄢者也"。然后才是《地理志》写的"罗故居宜城西山，楚文王又徙长沙，今罗县是矣。"罗国有三次迁徙：一是屈家岭罗国；二是江沱流域的罗国；三是长沙的罗国。

再说一说屈与楚的同姓问题。黄帝之子昌意，生子颛顼为高阳氏。屈原说的"帝高阳之苗裔"，即是黄帝的子孙后代。然而"楚自认为祝融后裔"，祝融氏处在伏羲与神农氏的中间，而后才是黄帝，黄帝之后才是颛顼（高阳氏）。这是传说中的时代，论据不足。如果一定要说屈、楚同姓，则是楚武王熊通（前740—前690）时，"是时生子瑕，受屈为客卿，因以为氏"②。《元和姓纂》云："屈，楚公族芈姓之后。楚武王子瑕食采于屈，因氏焉。"考古发现（前2750—前2650）屈家岭文化，这应该是一个承前启后的地名，如此说屈与楚为同姓则通矣。

张良皋先生认为"伯庸"是鄘国的伯爵。唐代五臣注《文选》："又以伯庸为屈原父名，皆非也。原为人子，忍斥其名乎？"笔者倾向于把"伯庸"理解为鄘国的伯爵官名。鄘为百濮的统领，在前611年领导百濮趁楚大饥荒之年大举反抗，最终因失败而被消灭。

前624年，"晋攻楚救江（小国）至方城"。方城曾是鄘国的东北方关隘，"堵水又东经方城亭南""岩渠水出南郑县巴岭"，巴岭是鄘国的所在地。洛水的源头来自竹山，竹山竹水在巴岭东边（今神农架地区），是鄘国的中心区域。

滽（又写作庸）之水，流入伊水。伊水在黄河南边，滽水之名可能来自这里的鄘国。

---

① 左丘明．左传．长沙：岳麓书社，1988. 79.

② 王逸注．楚辞章句．长沙：岳麓书社，1989. 3.

战国的庄子记载："凡君与楚王交往。"凡君是鄘国的贵公子，后来的君王。新近在对鄘国国都的考古挖掘中发现了一把铜戈。铜戈的刻文是"庸公之大元子羽戈"，就是庄子所提到的历史人物凡君。铜戈是鄘国自己铸造的，所以其刻文详细而完整。据说3000多年前，鄂州就能"冶石为器，千炉齐设"，所以说鄘国是冶铸之国。

前660年，狄灭卫国。卫君几百人南逃至曹丘，后又逃至楚丘。新卫的地盘在淮水南边，即今天的山东、河南交界，与鄘国相去甚远。

汉水曲入江即夏口。江夏有五水蛮。汉东诸国隋为大。隋侯的蛇珠、编钟，都有历史记录。前640年，"隋率汉水以东的诸侯叛楚"①。又"麇聚百濮以叛楚"。三川是百濮集中居住地，因为国小而弱备受侵略，尤其是楚国侵占得最多。《左传》："文公十有六年，楚军次于句澨以伐诸庸。"可知，鄘国所包揽的小国都可以"庸"称之，故称"诸庸"。

前638年，秦、晋两国联手迁陆浑人进驻伊川（陆浑族本在敦煌西边）。其目的一是以此阻止楚国势力向北发展；二是把陆浑人当作奴隶加以使用，并剥夺其财富。

《辞源》："竹山，属湖北省。古庸国地，秦名上庸。属汉中郡。西魏时改竹山。明清皆属湖北郧阳府。"

前611年，楚庄王三年，楚国发生大饥荒。楚周边的邻国都群起而攻占楚地。山夷攻其西南的阜山（今湖北房县西南）、大林（地近当阳），又攻其东南的阳丘、訾枝。麇人率百濮聚于选，将伐楚。与此同时，常常被楚国侵凌的鄘国率群蛮攻打楚国。楚庄王派出使者，联合秦国、巴国一起攻打鄘国。一国难敌三国，因此鄘国被打败，被瓜分，被消灭了。从此，可怜的鄘国被历史所遗忘。那时的战事，"庸师众，群蛮聚焉"。楚与庸交战了七次，楚均假装战败，以诱庸师。

楚师只逐裨、倏、鱼人。于是鄘国人欢欣鼓舞地说："'楚不足与战矣，'遂不设备。子越自石溪，子贝自仞以伐庸。秦人、巴人从楚师。群蛮从楚子盟，遂灭庸。"② 这是《左传》记载的关于两国战争的全过程。

三、鄘地的文化

鄘地的巫风很盛。巫人，在古代是有知识的一群人。史、医与巫有密切的关系。鄘国有尸山尸水。"送迎尸"是巫的重要活动内容。

《山海经》："夏后之臣曰孟涂，是司神于巴。"据说孟涂住在丹阳城，即

---

① 左丘明．左传．长沙：岳麓书社，1988．69.

② 左丘明．左传．长沙：岳麓书社，1998．112.

秭归的东边约 7 里的地方。如此，则巴、庸等地都有夏氏的后代。又记曰："有人无首，操戈盾立，名曰夏耕之尸。故成汤伐夏桀于章山，克之，斩耕厥前（头颅被斩落在耕的前方）。耕既立，无首，走厥咎（因为有罪而逃走），乃降于巫山。"① 这则故事描写成汤在章山地区攻打夏桀，并取得了胜利。夏桀的部将夏耕，被成汤砍了头，头颅落在死者的前方。夏耕的尸体虽然没有头颅，但仍然拿着戈和盾站立着；因为他有罪过，所以逃走，直到鄘的巫山才住下来。这就是巫山巫神传说的由来，夏耕被当成了巫神。巫山巫人巫神，其脉络十分清晰，故事的首尾有序而且合乎情理。巫人有一种叫"禹步"的步伐，是夏族等巫人追踪大禹治水时的舞蹈动作。联系夏启之臣孟涂"是司神于巴"。巴与鄘互为邻国，其祖宗神都同一源头。因为鄘先被历史所遗忘，而巴则未被消忘，还存活在历史里及人们心中，故以巴为代替。熊挚有疾，"鬼神弗赦，自窜于夔"。疾病来自鬼神，故有巫的出现。

秭归一带如今仍有禹姓，而两湖又有熊姓，《括地志》有云："巫郡在夔州东百里。"这个地点就在巫山巫溪。长江在这一段叫巫峡，其上游有一夔门。鄘巴这一地区，有一种大动物称为夔牛（又名牦牛）。"晋太兴元年，夔牛出上庸郡。人弩射杀，得三十八担肉。"

有一个郧的小国（在今湖北安陆）是"春秋国名，为楚所灭。郧人军于蒲骚"。这个郧国就在鄘国的东边，同为蛮戎族，今天的十堰地区是古代的郧县，亦即竹山上鄘之地域。商朝的"西亳"（今偃师西）偃师二里头曾发现商代早期宫殿基址。《水经注》写道："渭水又东迳蛮者城北，故藩邑，殷契之所居。"② 如此，鄘人应该是一伙商族留下的做工的人，"黄人不归楚贡。冬，楚人伐黄。"这是前649年的事，可见做工及贡品的关系。前528年，王使问礼于左师及子产。左师曰："小国习之，大国用之。敢不荐闻？"子产曰："小国共职，敢不荐守。"这是大国与小国的关系。

楚国人曾攻打徐州，那是因为"徐即诸夏故也"。这里的战争不但是国家间的战争，同时也是种族之间的战争。

在《左传》等史书中提及的鄘国的次数极少，《说文解字》云："庸，用也。"这是否说鄘国是百匠之所在，专门为商朝制造生产各种工艺品？因为其地位低微，故古人轻视了他，不愿提及他，而用蛮、戎、濮等侮辱性称呼称之。前649年夏天："扬、拒、泉、皋、伊、洛之戎同伐京师，入王城，焚东门。王子召之也。秦、晋伐戎以救周。秋，晋侯平戎于王。"此地点在鄘及百濮。

王应麟道："《通典》：卫州新乡县西南三十二里有鄘城，即鄘国。"清代方

---

① 郭璞注．山海经．长沙：岳麓书社，1992．170．

② 郦道元．水经注．长沙：岳麓书社，1995．290．

玉润的意见是："此王肃、服虔所谓鄘在纣都西者。非。"鄘国在"纣都"（朝歌）西与本文认定的地点相符，与考古发现的鄘国地点相同，即朝歌的西南方。

安徽一带，有叫作舒庸、庸浦、后庸等名称的族人。他们大概是鄘国被消灭时逃到该地的鄘族后裔。其族源属蛮，其地域属江南，其名称相近似，所以笔者认为他们是鄘国人的后代。卫国迁至南楚丘之后，国力又强大起来。为什么后庸不依附新卫呢？因为后庸原来就不属卫的族群，而是蛮戎之族。由此反证，鄘诗与卫国风马牛不相及。

四、鄘诗两首

《鹑之奔奔》

鹑之奔奔，鹊之彊彊，人之无良，我以为兄。

鹊之彊彊，鹑之奔奔，人之无良，我以为君。

此诗简短，只有二章八句，最能说明民歌的形式本质。而简洁的风格，又最能反映庶民的心情及思想。

前人对此诗的评说，大多都认为是诉说贵公子淫乱之事。清代方玉润说："宣姜之子惠公，亲生母也……而乃为此恶言以刺之，有是理乎？虽曰国人所托，言之无伤……"方氏总结旧说，发现了其难解之点，然而还是跳不出旧说。

笔者认为此诗应该是庶民在唱自己的生活、心境。鄘国是工艺之族，是少数民族，是奴隶，其发展缓慢，备受楚等强国的侵凌蚕食，不时要逃难奔走，避开被占领之处而到自己国内那些未被侵占的安全之地。有些人的逃奔甚至不止一次，而是多次。

"鹑之奔奔"，鹌鹑是小鸟，不善飞翔，比喻庶民在敌人来时走了又走，奔了又奔。奔跑逃走，可见敌人进攻追赶；成群地飞走，一旦走慢了，就有可能被杀被伤。"奔跑"的释义十分明显，不可能释为成双成对地出游玩耍。朱熹认为"奔奔彊彊，居有常匹，飞则相随之貌"。僖公五年（前655），晋侯侵虢，"取虢之旗，鹑之奔奔，天策淳淳，火中成军，虢公其奔"。（《左传》）"天策"，星名，或曰"傅说星"。意思是夜里在战火中成军，匆忙慌张。引文认定的是战争灾难，奔走逃藏以保住性命。诗与引文意义内容均相同。所以"奔奔"不能理解为匹配，应理解为一起逃难。"郕伯来奔"（前615），"宋子哀来奔"（前613），"奔"字都用于逃奔。

"鹊之彊彊"，以鹌鹊论之，体形既小，飞翔又不高不远。当强敌侵略时，自然要飞了又飞，飞逃得精疲力竭。"彊"原是弓箭，这里可以解释为飞逃了一箭地又一箭地，不间断地飞逃。在古代，古人常以一箭的射程来测量地的宽长。战乱的惊慌，不断透支的体力，是读者所能理解的。“彊彊”不可能被理解为是匹配成双，旧说不太恰当。《史记》：“材官引彊。”《辞海》：“彊彊，异体字。众鸟群飞相随貌。”

“人之无良，我以为兄。”“我以为君。”国土被敌人强占了，敌人成了统治者，新的大人物，新的压迫者；若不逃难就成了奴隶，成了新来的奴隶主贵族的奴隶。“君”是大贵族，“兄”是小贵族，都是新来的奴隶主。请参考《葛藟》：“终远兄弟，谓他人父。谓他人父，亦莫我顾。”“谓他人母，亦莫我有。”“谓他人昆，亦莫我闻。”朱熹评曰：“世衰民散，有去其乡里家族，而流离失所者，作此诗以自叹。”“则其穷也甚矣。”对此诗的评说，朱熹说对了一些。《鹑之奔奔》一诗，诗意颇同《葛藟》，朱熹却大失偏颇，令人难以理解其评说的根据。他大概是根据国度的大小贵贱而定诗意，所以令人眼花缭乱以至于此。

诗的前二句，是一个时间段，写敌人前来侵略时庶民拼命逃走时的情景。这时是奔跑、逃命，以求活着。这是人的本能，一切为了生存。这反映了鄘国不断被楚等强国侵凌的历史，符合事实，故楚武王三十七年，“楚始开濮地而有之（濮，江汉以南的少数民族）”①。又“庸率群蛮叛楚……楚出兵伐庸，百濮散归。楚与秦、巴灭庸”。② 时在前611年。

后二句是另一个时间段，部分国土已被敌人攻占，自己的军队已溃败而不存在。敌人把侵占之地划入其国界，逃不了的庶民就成了新侵占者的奴隶。时间段的前后安排非常清楚。“人之无良”就是对新统治者剥削的诉求，不顾庶民的一日三餐，这就是无良。

鄘国的地盘不断被蚕食，如方城曾是鄘国的，但后来被楚占领了。诗反映的就是这种生活。诗的时间交代得很清楚，事件发展得也很自然。文字言词朴素，能够充分反映庶民的生活思想。民歌的本来面貌，被真实地抒写出来了。

朱熹曾说：“近世有献议者，乞于经筵不以国风进讲者，殊失圣经之旨矣。”然而朱熹的“圣经”之说，有悖于诗的宗旨，有悖于民歌的庶民宗旨。

《君子偕老》

君子偕老，副笄六珈。委委佗佗，如山如河，象服是宜。子之不淑，云如之何！

---

① 沈起炜．中国历史大事年表．上海：上海辞书出版社，1983．18.

② 沈起炜．中国历史大事年表．上海：上海辞书出版社，1983．30.

玼兮玼兮，其之翟也。鬒发如云，不屑髢也。玉之瑱也，象之揥也，扬且之皙也。胡然而天也，胡然而帝也？

瑳兮瑳兮，其之展也。蒙彼绉絺，是绁袢也。子之清扬，扬且之颜也。展如之人兮，邦之媛也。

全诗从旁观者的角度，写男子对女主人公的观感与爱慕之情以及对她的评价。

第一章写女主人公的身份以及观者对她的爱慕之情。世人的祈望是夫妻能够长相守，和谐到白头。但是主人公却是有夫之妇，所以“子之不淑，云如之何”。她不是未嫁的淑女，而是有夫之妇，这叫爱慕者怎么说才是呢！本文不同意朱熹“副，祭服之首饰，编发为之”的解释。“副”指“笄”，不是“发”，与祭服无关。副笄是两笄。《说文解字》：“副，判也，从刀畐声。”又：“判，分也。”笄必成双。每字篆书“其上象加笄于发之形”。按照籀文，副的中间为刀，即把物体对开。“副辜”是对罪人判成对开，是动词与名词宾语的关系。“副笄”是把木分开而成两枝，经这样加工的笄更精巧。头上的“副笄”为每边各一笄，两笄共六片珈玉。女主人公的头发及绾发的笄、笄端的玉珈如山的委委安稳、如河流的佗佗婉转柔顺，还有那彩绘着图案的衣裳，十分得体。

第二章的前四句，写她的头发黑亮而修长，不用假发就很浓密。她的衣服缀着美玉玼，饰着翟雉的修长羽毛。《说文解字》注：“翟，羽饰衣也。《周礼》王后五路（重羽）。”① 这则资料告诉我们：她是一位王后。唯有这身份可以充当神主（尸）。诗中接着写她那象牙质的摘发揥着瑱玉，长短适中地系在她的耳边。她的皮肤白皙如新劈的杨木（扬且即杨木片）。《说文解字》：“扬，取木也。”“且，诸形均象盛肉之俎，本为断木，用作切肉之荐。”② 她怎么像蓝色的天空那样纯净，又像天帝一样高尚明洁？这“天、帝”的比拟符合她作为尸祭之“子”的身份“其子展也”，后来的版本多用“之”代“子”是不恰当的，因为“子”是神主。鄘地有尸山尸水，与祭祀关系密切。

第三章的着眼点是女主人公的服色及颜面。她的衣服缀满五颜六色的玉石瑳，而祭神的陈列品丰盛多样。展，陈也。《说文解字》：“㠭，极巧视之，从四工。《玉篇》今作展。”③ 由此透露的消息：这是严肃而隆重的祭祀典礼。接着写她的衣服外面罩着稀疏而狭长的布幅，更显得高贵而不张扬。她的脸

① 段玉裁．说文解字注．上海：上海古籍出版社，1981．138.

② 徐中舒．甲骨文字典．成都：四川辞书出版社，2003．1489.

③ 许慎．说文解字．北京：中华书局，1991．91.

孔洁白、眉毛修长，容颜鲜丽如新劈的白杨木。

最后两句："展如之人兮，邦之媛也。"其意义十分深长。朱熹释"展"为"诚"，与他不嘉许女主人公的观点不相吻合。请注意，这里的"展"，是被借用为神主。整句的意思：神主这样的人，是有着协调全国上下子民的博大胸怀的靓丽国母。写祀主入诗文的方式极为少见。笔者只查得前660年的新兴卫戴公在他死了之后成为神主。《甲骨文字典》："異，象人举子之形，子即祭祀中象征神主之小儿，即所谓'尸'。"① 凡祭必分祚（福）。异的后代义项：分也，分祭品。诗中的"邦"字代表国家，由来甚古。《说文解字》："邦，国也。从邑，丰声。"古代封邦为一字，甲骨文称为邦土，汉代称为邦社。所以，《君子偕老》这首诗由来甚古。因而用后世的清规戒律来理解它是很难说得明白的。邦国的美貌神主，才配得上"天"、"帝"的含义，因而是国家的骄傲。

《君子偕老》中的女主人公是神主，因此，称为国母并不过分。可以再探求。甲骨文"爰"像二人以物相援引之形，为援的初文。《说文解字》："爰，引也。"亦是媛的初文。援助援引，这种行为是爱心的表现，有博大的胸怀，才有博大的爱。可以说媛为美女，由此而得，是引申义。

媛，美女神主，美在何处？这不只是外表美，更重要的是她的内在美。诗中的"胡然而天"、"胡然而帝"的内涵是天，无所不覆。这就是博大的爱、博大的胸怀，即能爱国爱民的母亲、神主之爱。她代表帝，是帝的同身；这与备受国人所爱戴、所敬仰的神主相一致。

《诗经》的内容年代，上接商朝下连周初，鄘诗更是如此。所以，"展"、"天"、"媛"等诗中文字，既要用本义又要用引申义来理解，两者均合适。朱熹等评此诗，根据"偕老"、"不淑"就说她是寡妇，因而赋予"副，祭服……""翟衣，祭服"的解释，是极其错误的，这种误导，只能造成理解上的混乱，使该诗永远不能得到正确的解释。

鄘、隋、郧、卢等三川地域小国，因参与打击商朝而取得独立国的地位，故其文化直接继承商代文化，所以"缓"、"展"、"副"等字应取其本义，才能理解身为祀主的她能协调国人上下的宽大胸襟及高尚品德的内在与外表之美。该诗（鄘诗）的写作年代应早于前611年。

① 徐中舒．甲骨文字典．成都：四川辞书出版社，2003．253.

商周时期的民歌精品

——鄘诗探源（下）

不明历史的后人张冠李戴地把原来应属于鄘国的诗歌归入卫国。因此，鄘诗不能被正确理解，从而导致矛盾百出。鄘国诗歌是独立的，它反映了鄘国的人情风俗、地理风貌，把它归入卫诗是极其错误的。本文拟在一定范围内，引述鄘诗，并对它加以详细分析，寻其踪迹，以求恢复鄘国诗歌的本来面目。《水经注》曰："江水又东经信陵县南，临大江，东傍深溪，溪源北发梁州上庸县界……"汉水的存在，使我们清楚地认识鄘国的所在地。前280年，秦取黔中郡，"楚割汉北、上庸地给秦"。[①] 这是战国后期的事，上庸的地名仍然存在，位于汉水西南，"醴水又东，与叶西陂水会。县南有方城山，屈宪所谓楚国方城以为城者也"[②]。方城山曾属鄘国，而叶县西边就点明其地址，这都能说明鄘国的地理方位。"方城即南蛮府也。"由此可知卫与南蛮不沾边。《水经注》："县以延熙中分巴立宕渠郡，盖古賨国也……皆賨民所居……其人勇健，好歌舞，高祖爱习之，今《巴渝舞》是也。"[③] 鄘亡巴存，故汉高祖只提巴渝舞。賨国管汝水一带的百濮，即在原鄘国的东北边，在三川的源头。

鄘国之所以成为百业大国，因为其先为夏族住地，后又为商殷人住地。商族的住地先在商都即西亳，后来搬迁至耿（在黄河三峡附近称为唐），商人第三次迁都至朝歌。在商朝期间，濮人定居于此，专门为商制作几十种器物，而在三川一带的濮人专门为商统治者提供水产食品，"结舫水居者五百余家"。统领百濮的是住在今陕西白河东南的麇，麇领导百濮造反。賨人的职责大约是专门负责收集并为商朝提供贝货币，"賨，南蛮赋也"。前511年，有"百工叛变"及"百工盟"的文字记录，其地点亦在鄘及百濮的三川地区，"百工"就是其身份，比鄘、濮明确。

---

① 沈起炜．中国历史大事年表．上海：上海辞书出版社，1983．68.

② 郦道元．水经注．长沙：岳麓书社，1995．313.

③ 郦道元．水经注．长沙：岳麓书社，1995．440.

《定之方中》

定之方中，作于楚宫。揆之以日，作于楚室。树之榛栗，椅桐梓漆，爰伐琴瑟。

升彼虚矣，以望楚矣。望楚与堂，景山与京。降观于桑，卜云其吉，终然允臧。

灵雨既零，命彼倌人，星言夙驾，说于桑田。匪直人也，秉心塞渊，騋牝三千。

此诗三章共21句。如果按照朱熹的解释，则是卫文公（前660年）发展农工商而使卫（在楚丘）迅速富强。笔者认为，朱熹离开了诗的文字内容，随意塞进迁都后的卫国事情（其文内容来自《左传》），使读者无从认识诗的真正内涵。在楚丘的卫国与在汉水南边的鄘国，分处东西两方，族群不同，风俗不同，地位不同，可以说是风马牛不相及。

其实，这首诗是写鄘国在楚国的奴役下修建宫殿，楚国还掠夺鄘国的财富，并凭借掠夺的“騋牝三千”一夜暴富。诗一开始是“定之方中，作于楚宫。揆之以日，作于楚室”。定星在黄昏时出现在天空正中，点明时令在农历十月，这是修筑建设的最佳时间。《左传》：“凡土功……火见而致用。”揆日是立木条而确定太阳的方向及日影长短，使宫室的方位不出差错。从这句诗中我们可以看出鄘人都是建筑业的能手，所以我们认定其为修建大国。这里鄘人为楚国劳作，被役使，以苦力的身份出现：是奴隶是亡国奴。所以其身份是明确的。“树之榛栗……爰伐琴瑟”三句从种树到伐树的时间跨度很大，它们不可能同时出现，但其着眼点不是种树而是伐树。砍伐树木来作为修建宫室的木料，这是极艰苦的劳作，但要在规定的时间中完成。建筑完成后还要制作乐器，如琴瑟之类，为了精美还要给乐器加上油漆。这又是一道工序，是木工的细活，所以需要另一种人才。所以称鄘为制乐器大国并不过分。

诗里的楚宫楚室，是郢都。前689年，楚始都郢，而绝不是灭亡后的卫国楚丘。若如朱熹等人的观点，硬把鄘诗归入卫，是极大的方向性错误。从熊鬻入周并跟周武王一起攻打商纣，封于楚并建国，才400多年时间（至鄘被灭之时），其先在丹水北岸，后来京都搬迁至郢，百废俱兴，需要建设的项目更多，这与诗的内容十分符合。《水经注》：荆山在景山东百余里，地点近麦城。这是楚国的中心区域。又记：“沮水出沮阳县，西北景山。即荆山首也。”楚的建筑工地接近鄘国。

鄘国被学者称为制乐器大国，这与诗的内容完全一致。而卫戴公（前

660）被狄人打败，在众多国家的帮助下才保住了性命，才迁移并新造京都。面对这种悲惨的亡国境遇，哪会有栽树砍木来制作精美乐器的心情呢？朱熹评：“卫为狄所灭，文公徙居楚丘，营立宫室，国人悦之而作是诗以美之。”这纯属附会。经济是基础，衣食不足，亡国的阴影还历历在心头，哪来制作乐器的雅致？

第二章前五句“升彼……于桑”，又一次肯定地点在荆楚国。新建的高堂既新又锃亮，让鄘人既恨又爱。爱，因为这是自己的劳作成果；恨，是因为享有此高堂的却是掠夺者楚国。还有那树木葱茏的景山。湖北省的景山，大约在东经 112°，北纬 31°（今仍有京山），就在鄘国的东南方，距离不是很远。景山与京山出现在同一诗句里，大约两地相去不远。历史上有巴人攻打楚国至枝江的战事。前 675 年，“楚文王抵御巴人”，在今湖北枝江西边，楚国失败。后来，楚国迁都于郢，大兴土木，鄘国免不了要被剥削并承担这一繁重的劳役（堆土成高丘并建屋室称为京）。请注意诗中的“虚”字。有的人说这是故乡的意思，若同意此说，那应该就是鄘地的故乡。但为什么又被废弃而成“虚”呢？那是因为鄘国部分乡邑村落先被楚国侵略破坏。最后，在前 611 年，鄘被周边的三国打败且被瓜分。可以肯定的是，此诗写的是部分鄘地被楚国占领后的奴役生活，最先落入楚国的可能是鄘的方城地域，因为楚国就在鄘的东南方。后来，鄘被楚侵吞了，这与诗里所描述的一致。郑子产有分析大小国家关系的评说：小国处在大国中间，不但被侵略、被剥削，还要交税，处境十分艰难。鄘国人成了奴隶，他们的生活自然十分苦楚。文献中有载，小国要事先准备一定的财物，以备随时将财物献给侵略的大国，以求得短暂的安宁。前 567 年《左传》记：“莒人灭鄫，鄫恃赂也。”这句话是说鄫国人贿赂了莒人，以为这样就能平安无事，因而没有设防，结果才被莒人打败并消灭。上文曾提及齐国因战败而求和，通过贿赂晋国的大小官员才使自己得到安宁。所以这个“虚”是指鄘的村邑被楚践踏后的“虚”。

这首诗曾被统治者贵族篡改。“卜云其吉，终然允臧”两句诗，告诉了后代的读者许多秘密。这个“卜”绝非被压迫的奴隶鄘国人的“卜”，而是占领者楚国人的“卜”。这里不是泛泛的“吉”，而是很具体很实际的“吉”。最后的结果是相信（允）善（臧）。就是说鄘国人所做的一切，对楚国统治者来说，十分适时，十分有利，因为这样做的结果是使都城的建筑变得富丽堂皇，从而满足了楚国统治者的居住享受，而茂盛的桑田则为楚国统治者提供丰富的物质基础。于是“终然允臧”四字就被有权篡改的贵族文人选中并且利用，演绎成“登高能赋，可以为大夫”的信条根据，而像鄘国人这样的奴隶是没有资格咏诵的。《汉书·司马迁传注》引晋灼云：“臧获，败敌所被虏获为奴隶者。为奴者不敢横恣，故臧引申为善义。”篡改者之所以用“臧获”而不用“善”，是因为被其利用的是鄘国奴隶，即臧获（此词来自甲骨文，“臧”字是战胜者的戈刺着敌人——臣）。

第三章“灵雨……三千”，直指侵略者楚国贪得无厌，一夜暴富。此章的前四句，写部分鄘国人当了奴隶，不分日夜地为楚国奴隶主辛勤劳作。劳动期间住在田野中的庐舍（说：音赋，说于桑田）中，披星戴月地耕种。《说文解字》：“倌，小臣也。”这是为主人驾车的奴隶，身份明确，无疑是当了亡国奴的鄘国人。“星言夙驾”，指劳作时天上的星星还未隐去。这与高玉宝的《半夜鸡叫》有异曲同工之妙。命令人早起早出工的是奴隶主贵族，趁早出工的则是奴隶佣工。

后三句：“匪直人也，秉心塞渊，騋牝三千。”揭示的是当了奴隶的鄘国人对奴隶主咬牙切齿的咒骂：主人不是有良心有德行的人。直者德也，心地善良，为人正直，品德端正。秉是取或拿。楚国统治者对于鄘国奴隶的劳动果实真是贪得无厌。他们拿鄘国奴隶的秉心（实指劳动成果）去填塞他们贪得无厌的深渊，怎么能够填满啊。周文王招贤人，楚人鬻熊入周，他跟随周武王攻打商朝，胜利后被封于楚国。经过几代人的努力，至前704年，楚武王才动用武力攻占汉水以南的百濮之地，直至前611年才消灭鄘国，由此楚国的大国地位才基本确立，并且终于积满了“騋牝三千”等财富。马七尺以上为騋，意指有很多高大强壮的马，而且有许多母马。《易》曰：“畜牝牛吉。”母马能继续繁殖，所以是“吉”。

朱熹认为这首诗写的是卫国的文王，“卫国之富可知矣”，这是照搬《左传》的文字。前658年，齐桓公“封卫于楚丘”，“卫文公大布之衣大帛之冠，务材训农，通商惠工，敬教劝学，授方任能。元年革车三十乘，季年乃三百乘”。①《左传》是引诗，并非做诗，如此就有其选择性，不一定相对应。《定之方中》说的是“騋牝三千”，而说卫文公的是“三百乘”，一是马一是车，不同物不好比较，因此能够肯定《定之方中》写的是卫文公的观点不能成立。《礼记》曰：“问国君之富，数马以对。”它们明显是二物，朱熹混为一物，是有意还是糊涂？

总之，《定之方中》是写当了奴隶的鄘国人给楚国统治者做牛做马、创造财富时的辛苦，以及楚国奴隶主贪得无厌暴富的内容。

朱熹硬把《定之方中》归入卫国，是不顾历史事实，脱离诗的文字内涵胡乱拉些历史故事加以解说的附会行为。鄘国有时被称为“戎”或“蛮”，

---

① 左丘明．左传．长沙：岳麓书社，1994．49．

有时归入百濮，不如周族的后裔卫国显赫。蛮，是周人对东南各族的称谓，若把鄘诗归人卫国，无异于周人自己轻视自己。汉代的许慎在《说文解字》中注释：“鄘，南夷人也。”许氏所说的符合历史事实，而朱氏为何会不知道呢？

《相鼠》

相鼠有皮，人而无仪。人而无仪，不死何为？
相鼠有齿，人而无止。人而无止，不死何俟？
相鼠有体，人而无礼。人而无礼，胡不遄死？

《诗经·鄘风·相鼠》是鄘国人咒骂楚国统治者的诗。

过街老鼠，人人喊打。这是我国的民俗，是老百姓的思想。在《诗经》中，鼠是坏东西，代表坏人，尤其是指贪心狠毒的奴隶主贵族。《诗经·魏风·硕鼠》：“硕鼠硕鼠，无食我苗。三岁贯女，莫我肯劳。逝将去女，适彼乐郊。”这是魏国的奴隶揭露奴隶主（周的宗亲）剥削严重，表达自己想永远离开凄惨的魏地的诗作。此处，“相鼠”即奴隶给其主子看相，是比喻性的抒发。主人比不上老鼠，因为其“无仪、无止、无礼”。奴隶主趾高气扬，不可一世，以胜利者、强硬者、富贵者自骄，习惯性地压迫、凌辱奴隶。“相鼠有齿，人而无止”，指其贪得无厌，有齿而能食，见好吃的东西便吃、便拿取，因其贪念是无止境的。

鄘国因为战败而被灭国，老百姓或逃走或当奴隶。他们的命运比《硕鼠》诗中的奴隶更悲惨，因为《硕鼠》里的庶民还可以逃走，去寻找能使他们快乐的地方，他们是周族人。《相鼠》写的是亡国的鄘人——异族人，无处可逃，只能认命，因而他们只能咬牙切齿地痛恨，希望奴隶主快点死去。这是不平心思的宣泄，没有别的办法呀。前562年，鲁国的三大家族“三分公室”，其中孟孙氏使其民一半为臣（奴隶），叔孙氏使民尽为奴隶。这就是庶民的命运。直到鄘国灭亡，殉葬之风还颇盛行，有的奴隶还被用作奴隶主的祭品，被杀被焚，商代的甲骨文中多有记述。

这首诗只用比喻，没有具体描述，没有细致的抒情，要咒骂就直截了当地骂。这是民歌的特色，直接地表述，毫不掩饰，由此可知歌者处境的艰难，生活的艰辛。这首诗应写于鄘国部分地方被楚国侵占之后。这时鄘国仍存在，但方城（前624）已被楚国侵占。《定之方中》一诗最能说明这一点。

《蝃蝀》

蝃蝀在东，莫之敢指。女子有行，远父母兄弟。
朝隮于西，崇朝其雨，女子有行，远兄弟父母。
乃如之人也，怀昏姻也，大无信也，不知命也。

此诗反映的内容是最古老亦是最特别的。此诗反映了当事人即青年恋人对婚姻的愚昧行为，表达了评判人符合情理的进步认识。笔者认为评判人是原来的鄘国人，而青年恋人则是被鄘国侵占的别国人，或居住在周围的后来移民者，如流杂城的人、陆浑人等。

伊洛之间，种族繁多，民族杂居。后来，秦、晋又从六盘山以西迁入陆浑人，以及西王母祠。前 638 年，“秦、晋迁陆浑之戎于伊川，故县氏之也”。[①] 国别甚多，有百濮之称，文化落后，有的仍处于原婚阶段。周朝的史官辛有曾予言：“不及百年，此其戎矣。”这里有“鄤聚，今名蛮中是也”。民族繁多，文化差异，婚姻状况自然有所改变，与原始的差别。

全诗三章共 12 句。前二章为同一部分的内容，后一章为另一部分的内容。

第一节写青年男女按照古老的习俗，在雨后彩虹出现的春天里，在万物开始生长，鸟兽繁殖之时，到临溪附近的密林里唱山歌和跳舞。然后，看中某男子的女子就远离父母兄弟到男方家里去，这就是婚姻。诗中有所暗示：“蝃蝀在东，莫之敢指。”这句诗写的是傍晚的虹，晚阳在西则彩虹在东。这是历来的婚姻习俗，天经地义，所以“莫之敢指”。这是神圣的事，“无后为大”，无可非议。“虹”在商代卜文中已出现，后代或写作电、申、神，是天神之一。虹霓两端各有一个头，是天神交媾的自然现象，是神圣而使人敬畏的事情，所以人不敢乱说乱指。古人信天。只是，各地的生产力、生活条件、文化发展不尽相同，所以婚姻情况也有差别。民歌里所抒写的婚姻，尚未得到父母的认同，没有媒妁之言，没有“问我诸姑，遂及伯姊”（《诗经·邶风·泉水》），没有告知亲人征求亲人的意见而自作主张自行其是，没有做到“取妻如之何，必告父母”（《诗经·齐风·南山》）。这是民族不同、地区不同及贫富不同造成的。封建社会的评论者养尊处优、家境富足，以此为观点去评论生产力及生活物质贫乏的原始社会的诗歌，眼光未免呆板了些，评价自然也就不准确。

---

① 沈起炜．中国历史大事年表．上海：上海辞书出版社，1983．26.

“天命玄鸟，降而生商”（《诗经·商颂·玄鸟》）。春天燕鸟回归，男女在此时交往，所以《蝃蝀》的内容是有其传承和来源的。朱熹说：“商辛氏之妃，有娀氏女简狄，祈于郊禖，乙遗卵，简狄吞而生契。”春天、郊禖、吞卵、生契，是男女结合的全过程。这其实是男女春游的古老习俗，与《蝃蝀》相似，只是时代不同而已。曹魏时该习俗改到三月三，“三月三日天气新，长安水边多丽人”，这是唐代的春游，距今不远。朱熹亦知道这些。他写道：“江汉之属，其人好游，汉魏犹然。”江汉平川，四通八达，人来人往，交流频繁，好游与讨生活交织在一起。这“江汉”，百濮、鄘就包括在其中。

周朝特别强调“男女相亲，生子不蕃。”同姓不结婚，是婚姻要遵守的最大原则。鄘是商朝的百工之族，是工艺奴隶，专业性强，各种工艺都很发达。巫风也很盛。巫在那个时代是有文化、有修养的一群人。他们对山川流向、动植物的食用价值和医疗价值有所研究；对社会交往方面的知识有较全面的了解，甚至对婚姻礼仪、男女性教育都有一定的了解。群蛮、百濮、陆浑等族的一些青年仍按照古老的习俗在仲春之时谈情说爱并相结合，鄘人认为这是不合适的，这就是第二节所讲的内容。

因为古老的习俗与奴隶主贵族所主张并实行的较为进步的媒妁之言、父母之命不相符合，所以奴隶主们就加以批评议论。这首诗反映了当时人们对婚恋观念的不同，完全符合社会人群的地域之别、生产力的高低、文化的差异的特点，所以不能一笔抹杀。

“莫之敢指”的蝃蝀，自有其来源。商代的甲骨文已有“虹”字：“有出虹自北饮于河。”《说文解字》：“虹，螮蝀也，状似虫。从虫，工声。”古人对天十分迷信，既是天命，男女结合的天命，神圣而不敢乱指。古人的生活设施很简陋，传宗接代很不容易，长大成人很艰辛，故而对男女结合会宽容些。朱熹用封建礼教最周全的宋代理学来评价此诗，自然矛盾百出，难以令人相信。

《桑中》

爰采唐矣，沬之乡矣。云谁之思？美孟姜矣。
期我乎桑中，要我乎上宫，送我乎淇之上矣。
爰采麦矣，沬之北矣。云谁之思？美孟弋矣。
期我乎桑中，要我乎上宫，送我乎淇之上矣。
爰采葑矣，沬之东矣。云谁之思？美孟庸矣。
期我乎桑中，要我乎上宫，送我乎淇之上矣。

这是一首男女约会的爱情诗。诗中提及的地点虽少，但很明确，而其范围其实也很广。上宫、桑中、淇上三处地点，朱氏认为都是“妹乡之中小地名也”。较为明确的地点为“沬”。“沬”、“妹”，音同互用。商代的朝歌曾称为“妹乡”。《史记》：“本妹邑，殷王武丁始都之。”沬山、沬水在郑东北方。这个郑应是在三川之南的新郑——东周时才搬迁至新郑。所以，除了“沬乡”较为明确外，其余的沬北、沬东则很模糊。

笔者认为这是一首流传时间长、传播地域广的民间情歌。第一章“沬乡”最原始，是母诗，其他二章是后来模仿的，是子诗。诗中不变的地点是上宫、淇上。第一章的上宫可假设在朝歌，淇水也在这儿。但是第二、三章的上宫就是照搬套用，因为不可能到处都有上宫。淇水在朝歌边，但亦颇长、跨度不小，故亦模糊。

该诗广泛流传，最后流入鄘国，并在此地被征集写定（这与商朝的灭亡有关）。思考《乐记》的“郑卫之音，乱世之音也，比于慢矣。桑间濮上之音，亡国之音也。”[①]“桑间”即指此篇。前660年，北狄把卫国赶至黄河之南。新郑的建国是在东周以后，所以时间地点是一笔糊涂账。

桑中之名与伊尹有关，濮上来自濮水濮地。古代评诗，着眼于“文以载道”，这妨碍我们读诗解读。朱熹坦言：“庸，未闻，疑亦贵姓也。”[②] 这是本文要回答的大问题。

诗中三次约会的地点都相同：桑中、上宫。但又有所不同：乡矣、北矣、东矣。这是终点，是此诗广泛流传的根据。

第二章的女子是“孟弋”，一说是“盖杞女，夏后氏之后”。[③] 夏禹劈龙门，有羽渊，有夏氏的后裔（山东亦有夏族的后代）。

第三章的女子是“孟庸”，则是鄘国之女。鄘国在今湖北神农架，是诗歌流传至此并被写定的地点。如果同意此观点，则“沬之东”是指鄘国，恰好在其东边。巴渝即鄘国的西边，有一条沬水，与“沬之东”一致。

鄘国的女子，不但与诗句相合，亦与《乐记》相符，即“桑间濮上之音”。鄘国与百濮都参与了周武王的灭商战争，这是其一；两国地点都在三川附近，即桑中，这是其二；都被称为蛮，族群相同，这是其三；原先都是商朝的奴隶，鄘为工业奴隶，濮则多为与水打交道的奴隶，多负责如捕鱼虾、摸贝类等工作，而贝壳更重要，是当时的货币。

“采唐”的季节是春夏，商代甲骨文称其为大采（劳动），“采麦”及

① 朱熹．诗集传．长沙：岳麓书社，1989．35.
② 朱熹．诗集传．长沙：岳麓书社，1989．35.
③ 朱熹．诗集传．长沙：岳麓书社，1989．35.

“采葑”的时间可以是秋冬。如此，则时间及内涵（采摘劳动）都很旷远。如此男女约会的诗歌，内容并不复杂，容易理解。此诗与《关关雎鸠》同属恋歌，为什么对其的评价，一首高上天而一首低至地呢？这很不公平，有双重标准，是“文以载道”的封建思想造成的。

《诗经·召南·野有死麕》：“有女怀春，吉士诱之……无感我帨兮，无使尨也吠。”被封建卫道士奉为楷模的召诗，这“诱之”不是更为恶劣的行径吗？这么一比较，《桑中》明显更文雅。又《诗经·豳风·七月》：“春日迟迟，采蘩祁祁，女心伤悲，殆及公子同归。”这是典型的奴隶主贵族的霸权施加在庶民身上的性奴役。这难道会比《桑中》更高雅？

《桑中》涉及的地域广阔且时间跨度大，所以较难认识其真面目。此诗的地点若以淇水、妹乡为中心而舍弃桑中，则较容易梳理条理。一些史家有三监之说，即周武王粗略地划分，殷以东为卫，最为主要，这与后来卫戴公的迁徙路线相符（从朝歌逃至漕丘再至楚丘）；殷以北为邶，大约是漳水以北一带，这里有霍山霍地，山高地瘠，后来的周厉王被流放至此；殷以西为鄘，这鄘的意义是：鄘、房、卢等百濮小国跟随周武王一起打败商纣，所以，这些小国在周朝时是独立的，仍保存其自身的地域及文化，但受周朝的指挥，处于附庸地位，所以称为“庸”。后来商武庚、周管叔、蔡叔等叛乱，周公东征将其打败。周公杀了武庚及管叔，但念及蔡叔与自己本为同宗并且蔡叔尚且年轻又并非主谋，所以没有杀蔡叔，而只是把他放逐至荒僻的蔡地（在济水之尾），所以《左传》有“蔡蔡叔”的记录。

于是，朱熹的“邶、鄘，不详其始封”① 就可得到一些认识。因为这次叛乱，所以一些民歌不在原地（兵荒马乱哪来心思）被记录，而是在较为安定的鄘国被记载的观点就说得通了。《桑中》的三个“孟”字称呼是商代的遗存，即孟、仲、季，而周朝已改为伯、仲、叔。所以我们说该诗流传广、时间久的论据是充分的。

甲骨文最先出现在商朝，而朝歌原是妹乡，一连串的问题因此产生。“妹”自然是指年少，借用果木之末杪表示，“妹”至今仍被沿用。“昧旦不显”，于省吾先生说湄日即昧旦，皆谓天将明之时。辰（大辰星）其地在朝歌。商代甲骨文把劳作称为大采（摘），时间在昧爽之时，即清晨，又有大食时刻，谓天明之时。这些时间段都在早晨，是少、嫩、妹的意思。所以“妹乡”即在早晨太阳升起之地。这个称呼要比文字记载出现得早。诗中的“唐”指无头寄生小藤，其采摘季节应在晚春至夏天，生长时日不长。而采麦应在

① 朱熹．诗集传．长沙：岳麓书社，1989．18.

初夏，别的季节不恰当。至于采葑（萝卜），春秋两季皆可。商代采摘皆在早晨“大食”之时，大概周朝亦然。采摘是女子的主要任务，因而引出恋情，十分自然。诗反映的年代可以是商末或周初。唐菜是野生的，而麦和葑则是耕种的。因而其恋情颇受耕种时间的限制，由于“上宫”、“淇上”的地点不易变动，只能照搬，显得呆板难解。

《墙有茨》

墙有茨，不可扫也。中冓之言，不可道也，所可道也，言之丑也。
墙有茨，不可襄也。中冓之言，不可详也，所可详也，言之长也。
墙有茨，不可束也。中冓之言，不可读也，所可读也，言之辱也。

这是一首题材非常特别，与人民生活关系特别密切，并且社会意义十分重大的诗。唯其特别，才令古代的评论者目瞪口呆，不知所措，封建社会道学家更是十分惊愕。夫妻的房中隐私生活，不必外传，亦不可外传。前638年，“妇人送迎不出门，见兄弟不逾阈，戎事不迩女器。”[①] 妇人的地位十分低下。

诗的重点在于“中冓之言”这一句。朱熹释：“中冓，谓舍之交积材木也。”朱熹欲言又止，不敢直言，有意顾左右而言他。说明白点是道（封建之道）迷心窍。其实对“冓”这个字，他是知其然而不知其所以然的。冓，商甲骨文有此字，是两鱼迎头相遇。[②] “中冓”的“冓”字用的是本义。后来，“冓”变成觏，“未见君子，我心伤悲。亦既见止，亦既觏止，我心则夷”，其中的“见”、“觏”、“夷”，前后的举止心情，叙写得清清楚楚，无须多加解释。再读，前712年，郑伯说：“如旧昏媾，其能降以相从也。”[③] 这儿的婚媾已平如话矣。所以“中冓之言”，即室中婚媾的隐私话。不要说以前，就是在今天，也没有人会把“中冓之言”告诉其他人。若如朱熹所说是指在房舍中交积材木，已成建筑上的用语，那么就很难理解此诗。（冓、觏、媾，同音通用）

前536年，赵孟曰：“床第之言不逾阈，况在野乎?”[④] 床第之言即夫妻隐私生活之言，“中冓之言，不可道也”。夫妻床第隐私为合法，在野之媾不

① 左丘明．左传．长沙：岳麓书社，1988．71.

② 徐中舒．甲骨文字典．成都：四川辞书出版社，2003．442.

③ 左丘明．左传．长沙：岳麓书社，1998．12.

④ 左丘明．左传．长沙：岳麓书社，1998．243.

合法。

《墙有茨》一诗宣扬的就是“床第之言不可逾阈”的观点。这种观点，不要说在商周时期，即使在今天，也是正确的、健康的。细思诗意，其主人公是房中的女子。男子比较粗心，又是社会生活中的强者，不适合讲诗里的话语。妇女生儿育女的责任极为重大。所以有男主外、女主内的民俗认同。

“男女同姓，其生不蕃。”这是周朝对男女关系定下的大原则，不能违背。若违背了，不但没有正常健康的子孙，而且还会有沉重的负担，如要护理弱智或身体有缺陷的孩子。这样一来，就不能参加生产，过正常的生活了。男子主外，即在社会上负责生产以及保卫国防等事务。唐尧要观察虞舜的能力，就让他“入山林川泽，暴风雷雨。舜行不迷”。舜夫妻和睦、认识五典文字、与百官相处融洽，正因为如此，舜后来才能被选作继位人。男子在外与阳光雨露、水土山林、野兽虫蛇打交道，不是特别注意个人卫生。

女子却不同。民间俗语，男子是土，女子是水。这里涉及个人卫生问题。女子的卫生意识比男子更强。母亲们会把许多妇女的知识及卫生知识教给女儿。如此传承，所以女子特别重视个人清洁。经期要注意卫生，生孩子更要注意卫生。“雷且以声，有不戒其容止者，生子不备，必有凶灾。”① 女子互相传授卫生知识的行为比男子更多。比如夫妻房中之言，女子的保密性就比男子强，男子无所谓，女子却很容易害羞。所以《墙有茨》是从女子的角度来抒写的。

《礼记·曲礼上第一》曰：“买妾不知其姓，则卜之。”这强调的是姓氏而不是其他。封建社会强调“无后为大”，即后代最为重要，这又是生儿育女的重大社会问题。《左传》载前676年：“晋献公娶于贾，无子。烝于齐姜，生秦穆夫人及太子申生。又娶二女于戎，大戎狐姬生重耳……”重耳，即后来的晋文公（曾为霸主），史书都给以歌颂，并没有加以抨击。可见从前的评诗者并不公平，其主观意图很明显，我们读诗时，应有自己的思考和取舍。晋文公之父与“公子顽通乎君母，闺中之言至不可读，其污甚矣”。这与《墙有茨》十分相似，为什么有的加以联系有的却不这样，这就是戴有色眼镜的区别对待了。

“墙有茨，不可扫也。中冓之言，不可道也，所可道也，言之丑也。”只有朱熹一人认定“茨”是“蒺藜刺”，难道一个“刺”字就说得清楚么？本文认为还是《说文解字》对“茨”的解释：“茨，以茅盖屋”更为恰当。墙之内茨之下，犹如中冓之中，即卧房，是夫妻共同生活的房子。所谓“男有

① 刘安．淮南子．长沙：岳麓书社，1994．49．

室”、“女有家”。即使在生产力较高的当今（应该说20世纪），未婚的少男或少女，也可有分别地、成伙地睡在一个房子里（富贵人家除外）。这种日子，出生于20世纪30年代的人大都体验过。大家忙于讨生活而没有能力盖房子。结婚了就一定要有房子，就这叫作成家。民俗有“三十未娶是孩童”的口语。《诗经·豳风·七月》有：“嗟我妇子，曰为改岁，入此室处。”这就是男有室、女有家吧。

“不可扫”等三句诗，就如该诗的中段“不可道”等句。由于每章的末尾有“道”、“言”的文字上下相承，最后又有“丑”等的评价，所以容易理解。如果这样认识理解《墙有茨》，就不会感到别扭了。朱熹牵着我们朝他设定的评论圈子走，让我们进入迷宫，越走越糊涂。

《墙有茨》强调的是不外传，不外泄，是有益于世的良言，而且每章诗的末尾都有批判之语“言之丑也”、“言之辱也”，观点何其鲜明，态度何其坚决。而古代的评论者却硬给加上莫须有的罪名，那些评论，并不忠于原诗，而是表露了封建卫道士的偏见，它们误导了读者。

清代方玉润《诗经原始》评《墙有茨》亦是旧调新弹。他引《大序》“公子顽通乎君母，国人刺之。《集传》谓‘理或然也’”。一人开唱，众人和声。卫国的宣姜成了淫乱的窝。这是附会的评论。《墙有茨》是鄘国诗，怎么附会于卫呢？“扫”是扫除的意思。扫除则尘土飞扬。“不可扫”即不能加以宣扬，不要向外扩散；“襄”则是高举、高扬的意思。“不可襄”即不能让其（房中之言）高扬（外泄）。其意思与下文的“不可详”一致；“束”是集束、集中的意思。“不可束”即不能集中在一起向外宣扬。朱熹把“束”理解为“束而去之”，很别扭。

朱熹把“茨”解释为蒺藜，割裂了诗意。若按此解诗，则越解越使读者糊涂，还是把“茨”解释为“以茅盖屋”最为合理。

这首诗的表现手法是重复（两次）、比喻。可以这样认识，第一次比喻是从外围（茨，扫）写至室中，较为幽深，较难认识。第二次比喻是从室内着笔，直白浅显，直截了当，容易理解。按照本文的分析，则化难为易矣！

评《七发》及其他

《七发》这篇大赋，无论是内容还是形式，对后代文学的影响都很大。

作者枚乘有他独特的遭遇。他的青少年时期处于汉文帝时代，从青壮年至去世，则生活在汉景帝时代。总之，他生活于历史上最清明的文景之治时期。“文景之治”时经济繁荣富裕。这时的达官贵人已开始讲究生活上的享受了。枚乘当了吴王刘濞的郎中。郎中外管宫廷门户，内充侍卫。职务之便使枚乘对宫廷的生活看得十分清楚。这时期藩王的势力已相当大了。晁错看到了这一点，于是提出了“削藩”的建议。枚乘也看到了这一点，而且说了出来，他上书吴王劝他不要造反。可见他的政治态度是主张削藩、主张巩固中央集权的。他这种遭遇和思想是独特的。汉景帝、汉武帝之所以重视他，“以安车蒲轮征入京（死于途中）”，是对他人品的肯定。今天看来，他的政见与行动是经得起历史考验的。

《七发》反映了西汉前期稳定的社会情况和繁荣的经济生活。对于这种观点，我们是从《七发》所描写的关于藩王生活的内容中获悉的。吴客用来治疗太子疾病的是“要言妙道”。一是“至悲”的音乐。他写了用“龙门之桐”这种高贵的材料制作的乐器，并渲染了龙门的环境，桐上的哀禽，最后才写至悲的音乐。大概作者认为“至悲”的音乐是太子闻所未闻的，而那些靡靡之音，太子早已听腻了。由此可知太子“纵耳目之欲”的荒唐程度。然而对于这“至悲”的音乐，太子却“未能”强起听之。二是“至美”的饮食。尽管有山珍海味和高明的厨师，太子也“未能”强起尝之。三是“至骏”的良马，精良的驭手，太子亦“未能”强起乘之。四是“靡丽皓侈广博之乐”。台榭、博辩之士、千奇百怪的动植物、赏心悦目的一切享受，这其实是宫廷生活的缩影，也是离宫别馆之类的生活。然而太子“未能”强起游之。第四节属于小结性质的内容，不但文字多，内容也丰富。总之，上面四个“未能”的原因固然是“仆病”，也是因为太子早已玩腻了，所以那些东西才“未能”打动他的心，“未能”引起他的兴趣，“未能”提起他的精神。五是“校猎之至壮”。这里写的是人数多、规模大的白天打猎的盛况。太子虽“未能”强起游之，“然阳气”已布满脸孔。于是，“客见太子有悦色，遂推而进之”，叙说了夜里打猎的壮观。太子是“复愿闻之”、“仆甚愿从”、“有起色矣”。这是“今夫贵人之子，必宫居而闺处，内有保母，外有傅父，欲交无所”的太子所未曾见过的打猎场面，所以能够使他动情，引起他的兴趣。六是“观涛”。观涛的地点是广陵——江苏扬州。这是吴客的家乡。因而吴客对东海之涛特别熟悉，所以能写得淋漓尽致，这部分内容是该赋写得最精彩的部分。观涛可分为前后两个部分，第一部分写“未见涛之形”的东海海域、海水的壮观，使观者的胸怀为之宽广，心情为之舒畅。第二部分写“波涌而涛起”，以行军打仗等为比喻，真是惊心动魄。这是太子闻所未闻的，所以他不但对此感兴趣，而且能动脑筋思考，提出“然则涛何气哉”的疑问。七是“要言妙道”，结果使太子“据几而起”，“霍然病已”。

以上七方面是吴客陈说的内容，前面四点“未能”云云是太子所见惯、所听腻了的，后面三点却是太子所未闻未见的。由此可见太子那糜烂腐朽的贵族生活。《七发》从小的方面看是为太子治病，从大的方面看则是为整个封建贵族治病。刘勰在《文心雕龙·杂文》中评道：“所以戒膏梁之子也”，是中肯的。

太子与封建贵族的生活，可以从序这一部分得到更全面更透彻的了解。作者的写作意图也在序中充分点明。太子虽是假设性的人物，但太子得疾的原因、经过以及疾病的情状，是太子这种贵族阶层身份的人才有的，是士、农、工、商所没有的。太子自己说他的病况是“惫”。这是一种身体十分衰弱的毛病，而五脏六腑并未出现什么病变。发病的原因是“今时天下安宁”的过于享受的社会环境。何况太子又是“方富于年”，他自然不知道刘家创业时的艰难，只知道享用当下的种种生活享受，因而得了“惫”病，吴客分析说：“久耽安乐，日夜无极。”不难看出太子纸醉金迷的程度之深。“惕惕怵怵，卧不得瞑”，这是因过度衰弱而产生的心悸病。

“虚中重听，恶闻人声。”之所以出现重听与恶闻人声的情况，是由于虚中的缘故。对于太子的病根，吴客看得很透彻。太子说：“赖君（指藩王）之力，时时有之，然未至于是也。”太子是同意吴客的诊断的，只是在程度上有点更正罢了。这是序的第一层意思，即找出总的病因病况。序接着指出太子生活的具体宫廷环境，主要是“纵耳目之欲，恣支体之安者，伤血脉之和”。即便用现代的中西医的病理学来验证，这个结论也是正确的。对于这种腐朽的生活带来的疾病，吴客认为“虽令扁鹊治内，巫咸治外，尚何及哉”。太子如果不停止这种腐朽的生活，那么即使有扁鹊、巫咸，治疗效果也不会好。《三国演义》中写到吕布因过度饮酒作乐，导致体力下降，由万人敌降为一人敌。吕布是从作战败阵及对镜发现自己面黄肌瘦时决定改变自己那种腐败的生活的。对于楚太子，吴客提出“承间语事，变度易意，常无离侧，以为羽翼”。“承间语事”，使太子没有时间可以“纵耳目之欲，恣支体之安”；“变度易意”就是从根本上改变太子的“纵恣于曲房隐间之中”的宫廷生活方式，从而改变太子的思想情意；“以为羽翼”则是由辩士取代太子周围的越女齐姬。

“承间语事”，这里透露了一个秘密。西汉承战国之风，统治者仍然重视养士。其一就是养文学之士，即文学侍臣。文学侍臣的知识渊博，不但能写景状物，出谋献策（枚乘劝阻刘濞不要造反，便属于这一类），也懂得一些医学知识。《七发》为我们提供了一些关于文学侍臣工作情况的讯息。《汉书·枚乘传》记载说枚乘“自悔类倡”。扬雄说赋家“颇似俳优”。据记载，梁孝王的宾客“皆善属辞赋，乘尤高”。

与枚乘生活于同一时期的司马迁在《史记·魏其武安侯列传》中写道：“七国兵已尽破，封婴为魏其侯。诸游士宾客争归魏其侯。”又“魏其失窦太后，益疏不用，无势。诸客稍稍自引而怠傲，唯灌将军独不失故。”这些都是宾客侍臣生活的佐证。

太子的这种生活，在其他达官贵人中也有所反映。“孝景七年，栗太子废，魏其数争而不能得。魏其谢病，屏居蓝田南山之下数月”，过着“拥赵女”的生活。又“武安由于滋骄，治宅甲诸第，田园极膏腴，而市买郡县器物相属于道。前堂罗钟鼓，立曲旃”。笔者认为，那就像一个剧本被分成两幕来演出一样。《乐府诗》有分成几解的，词有分成几阙的，想来其道理是相同的。要一口气读完《子虚》、《上林》等赋是颇为吃力，所以分开显得更合理、更实际。

《七发》的篇幅为什么那么长？笔者认为那是作者把当文学侍臣时朗诵的小段文字（不是同一天写的或朗读的文字）集结在一起而写成的结果。我们先从《七发》的内容来分析。吴客与太子的身份与赋的内容是和谐的、一致的。太子既然疾病缠身，是“惫”，当然没有体力、没有精神。因此，只能日复一日、一段一段地听读。这是听者与读者都能做到的。再说，只朗诵了七场，就治好了太子的毛病，这是不可能的。这则纯属文字上的加工，文学上的需要，所以说是集结在一起而成的。再从每节末尾的文字——一问一答的结尾，那“仆病未能也”，似乎有那么一点蛛丝马迹可寻。可以想象，朱买臣讲《楚辞》也是一节一节地进行。石勒叫人讲史也是一日一小节地听或议论。想想这些听者皆是达官贵人，但对赋里的文字也不一定全部认识，所以让他们自己阅读对他们来说是有困难的。最好的方式就是由侍臣来朗诵。朗诵是诉诸耳朵的。由于声音稍纵即逝，难以捕捉，所以要写得详细些。多方面地叙述，多层次地描写，就容易使人听清楚，使文章更有魅力，并且更容易打动听者。《陌上桑》就是唱给别人听的，它就是从“行者见罗敷，下担捋髭须。少年见罗敷，脱帽著帩头。耕者忘其犁，锄者忘其锄”三个方面来渲染罗敷的美丽的。《孔雀东南飞》这首民歌演唱的时间更长，流传得更广。它从汉末故事的产生开始，至陈朝《玉台新咏》为止，约三百年的时间，也是诉诸听觉的诗歌。其中“著我绣夹裙，事事四五通。足下蹑丝履，头上玳瑁光。腰若流纨素，耳著明月珰。指如削葱根，口如含朱丹。纤纤作细步，精妙世无双”也是从几个方面对刘兰芝的美丽加以渲染的。由于是诉诸听觉的内容，文字难一点不要紧。既然是侍臣自己创作，并由自己朗诵的，当然知道每个字的意义及读音。比如汉武帝是先阅读司马相如写的赋，才发出“朕独不得与此人同时哉”的慨叹，狗监杨得意听后才把司马相如举荐给汉武帝。司马相如奉命作的那些赋，还是理解为是司马相如朗诵给汉武帝听的内容更为恰当。而那些跟着汉武帝游山玩水的人写的赋，不可能由汉武帝自己阅读，而是由作者自己朗诵（这些赋还有着增加游兴以及渲染气氛的作用），作者朗诵后会被评定优劣等级，并根据等级获得赏赐。

《七发》这篇为达官贵人治病的赋，从内容到形式多方面影响后代的文学，所以值得我们重视。

文中涉及一些关于赋的认识问题，浅尝辄止，作为抛砖引玉来看待吧。

韩愈的传记文学

韩愈的文集中正式以“传”来的命题的有四篇。两篇是写真人真事，两篇是虚构的故事。四篇“传”总的观点是“物不得其平则鸣”，或间接地为作者自己鸣，或为他人鸣。

一

“物不得其平则鸣”反映了作者作传的思想感情。《〈张中丞传〉后叙》（以下简称《后叙》）是作者追叙历史人物的事迹和评价其功绩的文章。张巡（709—757）是邓州南阳人，进士出身。安史之乱时，他与许远等人守睢阳，从757年的正月到十月坚守城池，终因粮尽援绝，城陷而死。然而这样可歌可泣的人物，却先后两次遭到诬蔑。先是同时代人李翰作《张巡传》为他们辩护，后来到大历时，又因“两家子弟材智下，不能通知二父志，以为巡死而远被虏，疑畏死而辞服于贼”、“说者又谓远与巡分城而守，城之陷，自远所分始”。因此，韩愈继李翰之后，作《后叙》，再一次为巡、远等人辩护，肯定了他们的献身精神和历史地位。“远虽材若不及巡者，开门纳巡，位本在巡上，授之柄而处其下，无所疑忌。竟与巡俱守死。”这里追叙了许远的为人，他虚怀若谷，让位尊贤，品德高尚。作者对“小人之好议论，不乐成人之美”提出了批评，为后面作出公正的评价扫清障碍。这就是张巡、许远“守一城捍天下，以千百就尽之卒，战百万日滋之师，蔽遮江淮，沮遏其势，天下之不亡，其谁之功也?”这功，是气薄云霄、光争日月的。平定了安史之乱，唐肃宗追封两人为大都督，并在睢阳为两人立庙，号双庙。他俩的事迹，因李、韩的作传而发扬光大。南宋的文天祥驻兵潮阳时，有一首《沁园春·题潮阳双忠庙》，其中有“骂贼张巡，爱君许远，留取声名万古香……使当时卖国，甘心降虏，受人唾骂，安得流芳……有奸雄过此，仔细思量。”由此可见，巡、远的事迹对后代的影响很大。然而，为抗乱而洒的热血尚且散发着腥味，诽谤却也随之而生。散布谣言的人，包括那些保存实力的、逃跑的、没有战功的、投敌的、心怀嫉妒的人，等等。韩氏认为对许远的诽谤是不应该的，因此要为他俩鸣不平，为他俩翻案。这案翻得好，否定了安史之乱，批判了那些拥兵自重的军阀，巩固了中央集权，维护了社会的安宁。清代的过珙评论道："其洗发痛快处，诚足补记载之遗落，暴赤心之英烈，千载下凛凛有生气。"这就是作者写《后叙》的原因。

韩氏通过《太学生何蕃传》为后学之士鸣不平。"朱泚之乱，太学诸生举将从之，来请起蕃，蕃正色叱之，六馆之士不从乱。"清朝林云铭认为：朱泚之乱，正在唐代宗永泰十三四年间（777—778）至唐德宗贞元十四年（798）的二十年中的事情。这是何蕃反对割据、拥护中央集权的态度，在当时是正确的。可是，这样年轻而有才能的人，因为"为礼部者，率蕃所不合者，以是无成功"。任人唯亲，正是韩愈所要批判的用人制度，也是中唐的社会弊病。"有司者好恶出于其心。"那么，何氏的学问怎样呢？"不归者五岁矣"，这是他在太学专心致志地学习，连回家省视双亲的时间也用来学习的学习态度。在太学生中，他也算得上其中的佼佼者。"岁举进士，学成行尊；自太学诸生推颂不敢与蕃齿……司业、祭酒撰次蕃之群行焯焯者数十余事，以之升于礼部而以闻于天子。"优秀的学业、良好的群众关系以及学校领导的推荐，从侧面肯定了何蕃的渊博知识。

以上两篇文章中的人物的身份各不相同，一是功成身死，一是怀才不遇。韩愈都为他们鸣不平。这种鸣不平是正确的。这也说明韩氏还具有一定的正义感，还懂得为国家的命运想一想。这两篇都涉及对割据者的批判，关系到社会的大事，所以有其相同的意义。

虚构的故事有两篇。作者借《毛颖传》这样的文章，来叙写他的丰富见识，并特别强调"以文名于四方"。这一点，无非是想使达官贵人了解他（韩愈）、提携他。因此，不妨把这篇文章看成是他的一份"文卷"（他曾多次将自己的文卷奉献给高级官员）。他表面是为毛笔立传，实质却是为知识对社会的历史功绩立传，为知识分子立传，为他自己的博学和善作文章立传。可以看看他自己所写的："布衣之士，身居穷约，不借势于王公大人，则无以成其志；王公大人，功业显著，不借誉于布衣之士，则无以广其名。是故布衣之士，虽甚贱而不谄；王公大人，虽甚贵而不骄。其事势相须，其先后相资也。"这不是与达官贵人讨价还价，相互为用吗？叶梦得是这样评价他的："俳谐文虽出于戏，实以讥切当世封爵之滥。而退之所致意，亦正在'中书君老'不任事，'今不中书'等数语，不徒作也。"所以，《毛颖传》是韩愈为他自己鸣不平的作品。"书记之任亦难矣！元戎整齐三军之士，统理所部之甿，以镇守邦国，赞天子施教化，而又外与宾客四邻交；其朝觐聘问慰荐祭祀祈祝之文，与所部之政，三军之号令升黜；凡文辞之事，皆出书记。"这段话可帮助我们理解《毛颖传》的写作用意。所以我们说，《毛颖传》是韩愈为自己鸣不平的作品。他在回答张籍对他的批评时说："驳杂之说，此吾所以为戏耳；比之酒色，不有间乎？"的确，这比那些饮食终日而醉心于谋私利、犬马声色的人高出百倍。李肇在《唐国史补》中这样写道："沈既济撰《枕中记》，庄生寓言之类；韩愈撰《毛颖传》，其文尤高，不下史迁；二篇皆良史才也。"良史之才，已被阅读他文章的人悟了出来。显然，他作《毛颖传》是有所寄托的。然而张籍并未真正了解他的写作意图，而是照直地批评他，所以是错误的。

韩氏写《圬者王承福传》的目的何在？这是作者企图通过该文来叙写他的儒家之道和政见。韩氏通过圬者之口来评论社会生活、反映道家的思想观点，同时也发泄自己"才高而屡贬"的不满情绪。韩愈以圬者的小恩小惠的施舍行为比喻老子的小仁小义。"非毁之也，其见者小也。坐井而观天，曰天小者，非天小也。彼以煦煦为仁，孑孑为义，其小之也则宜。"引自《原道》的这段文字是对老子学说的理论分析，而圬者的"有余则以与道路之废疾饿者焉"则是对老子学说的形象说教。圬者虽是一个"贱且劳者"，其实是类乎隐者。因此这是一篇观点与人物形象不统一的文章。陆云士说："此亦一假传也。"《古文观止》评道："传圬者意轻，而警在位者意重也。"这是中肯的评论。韩氏借圬者这个人物来宣传儒家的君臣关系，实际是要为人臣子的履行职责。"君者，理我所以生者也；而百官者，承君之化者也。""食焉而怠其事，必有天殃。"这是警告那些在其位而不谋其政的官吏。这一观点，他在《原道》中说得更清楚："是故君者，出令者也，臣者，行君之令而致之民者也。民者，出粟米麻丝、作器皿、通货财，以事其上者也。"作者把《原道》中的封建说教原原本本地强加到圬者身上，由此导致人物的身份与观点不和谐，使圬者这个人物没有真实感。

作者写寓言故事的目的是以文为辩。"所谓辨者，贵贱有等，长少有差，贫富轻重皆有称也。"这一点，韩氏本人是十分清楚的。请看他是怎么写的："前书谓吾与人商论，不能和气，若好胜者然。虽诚有之，抑非好己胜也，好己之道胜也；非为己之道胜也，己之道乃夫子孟轲扬雄所传之道也。"他的观点写得清清楚楚，就是为了儒家之道。他是以孔子、孟轲的后继人自居的。"尧以是传之舜，舜以是传之禹，禹以是传之汤，汤以是传之文武周公，文武周公传之孔子，孔子传之孟轲，轲之死，不得其传焉"。口头商论是一种争辩，但因受时间、地点等条件的限制，影响较小；而通过文章来争辩（宣传），因其不受各种条件的限制，影响较大。他评价夫子招收学生的行为，说："赖其徒相与守之，卒有立于天下；向使独言之而独书之，其存也可冀乎？"《新唐书》说他"颇能诱励后进，馆之者十六七，虽晨炊不给，怡然不介意”。他热心地培养了大批“韩门子弟”。收徒能扩大影响，写文章也能扩大影响。韩氏懂得舆论的意义。他说：“念终无以树立，遂发愤笃志于文学。”他写文章时的目的性很强。李汉颇为了解他的老师的心的：“先生于文，摧陷廓清之功，比于武事，可谓雄伟不常者矣！”

二

韩愈不愧是一个文学大家，他的几篇传都各具特色。这些文章总的特点是夹叙夹议、变化无穷、生动活泼、形象感人。他很注意选材的角度，《后叙》是为“有大功”的人补作传，做翻案的文章，《太学生何蕃传》是为在“太学廿年”的不幸小人物立传，而《圬者王丞福传》和《毛颖传》是虚构的传记，是为了反映作者自己的政治主张和渊博学识而写的。《后叙》是长篇巨制（约1 200字），而《太学生何蕃传》短小精悍（约400字）。文字的多少因被写的人而异，所以既经济而又得体。

《后叙》严肃大方，与张、许的英雄行为和谐一致。该文首先正面评价张、许如何守住城池抵抗安禄山部将的功绩，中间以自己所见所闻的事实作补充。“愈尝从事于汴、徐二府，屡道于两府间，亲祭于其所谓双庙者。其老人往往说巡、远时事云。”“愈贞元中过泗州，船上人犹指以相语。”这是作者对历史事实的补充，有时间、地点、人证、事例，因而具有说服力。这也是对那些诬蔑巡、远的人强而有力的批驳，使巡、远两人的功绩更具体、更可信，根基也更坚固。末尾以张巡年轻时的聪明强记作结，并交代这些材料是张籍提供的。这就进一步增强材料的说服力、可信性。写南霁云是“食且不下咽”、“刀断一指”、“矢著其上砖半箭”寥寥数语，就使一位可歌可泣、富于个性的忠诚英勇的历史人物像浮雕一样出现在读者眼前。这篇《后叙》文字简洁，结构严谨，读了使人信服。

《太学生何蕃传》的文字虽不长，然而行文波澜迭起，富于变化。文中先写何“入太学者廿余年矣”。这个漫长的学习时间，使人惊异，使人深思，为什么何蕃老是不被有司所起用呢？这就为下面的行文埋下了伏笔。接着，以太学诸生、助教、博士、司业、祭酒等人逐层推荐何蕃的经过，从侧面衬托何氏的为人和才干。如果没有才干，怎么会有这么多人推荐他呢？这又是一重波澜。这时，读者一定会想，他会被重用了吧？然而，“为礼部者率蕃所不合者，以是无成功”，何氏被重用的希望幻灭了。读者就会在发出同情的叹惜之后，对礼部这样的做法感到不满或愤慨。这样的一抑，使文章骤然从欢乐的高点跌落到冷落的低点。这样的行文，既曲折又雅致。而后，就写何蕃的好学：“不归者五岁矣。”这样，就说明了何氏廿年来不是虚度的，是一个正派的学员，不是浪荡公子。又接着写“蕃正色叱之，六馆之士不从乱”，这突出了他的忠和勇，再次说明何氏的品质。这里又是一扬。这一扬，使何氏的形象变得十分丰满。殿后是这么有力，这么至关重要，这就是虎尾的结局吧。清代的储欣评得好：“法整而变，布置笔力俱高。”

《毛颖传》以历史时间的顺序，从夏、殷时起至秦时止，时间跨度大，但写得有理有据，有条不紊。该文从毛颖的得名入手写起，而大量文字描写的是毛颖在秦时的情况。先是秦“大猎以惧楚”，毛颖的家族，暗示秦灭六国的功绩，寓正史于诙谐的文字之中。而后，正面肯定毛颖的作用：“日见亲宠任事。颖为人强记而便敏，自结绳之代，以及秦事，无不纂录。”最后“后因进见，上将有任，使拂拭之，因免冠谢。上见其发秃；又所摹画不能称上意。上嘻笑曰：‘中书君老而秃，不任吾用。吾尝谓君“中书”，君今不“中书”邪？’”这段文字十分巧妙，别出心裁，出人意料却又转折得十分自然。其中“免冠谢”最妙，这个“免冠”指脱笔套而出。因脱套而见笔毛秃，多么自然。毛颖是从得宠骤然被免官的。毛颖自然感到突然、惊愕，而读者也深感惋惜、同情。该文的结处以太史公的评语完篇：“秦之灭诸侯，颖与有功。赏不酬劳，以老见疏，秦真少恩哉！”这些都是在批评秦朝对文化遗产的毁灭性破坏，对知识分子的少恩，实耐人寻味。洪庆善评说：“退之毛颖传，予以为子虚乌有之比，其流出于庄周寓言。”《毛颖传》用拟人的手法，形象地叙写了毛笔的发展史，歌颂了毛笔记事的丰功伟绩。文中纵谈古今变化的毛笔史，把现实、历史、神话传说熔于一炉的高超组织技巧以及娓娓动听的简洁而生动的文字，编织成一篇十分优美动人的寓言式传记。《进学解》是说理散文，《毛颖传》是记叙散文，然而写作的目的是相同的，都是为了说明作者的博闻强记。叶梦得谓：“毛颖传特滑稽之雄，具见作者巧心耳。”柳宗元更是推崇备至：“索而读之，若捕龙蛇，搏虎豹，急与之角而力不敢暇。”

《圬者王承福传》开宗明义地指出：“圬之为技，贱且劳者也。”这是本文的主旨，也是作者的思想观点。中间一段介绍圬者的身世（农民—战士—圬者）及思想，颇为别致。据文中推算，圬者年逾花甲。“手镘衣食，余三十年”这三十年是作者叙述的重点。“有余，则以与道路之废疾饿者焉”这中间夹着的大段文字是对人生哲理的议论，其一是安分守己的思想：“夫镘，易能可力焉，又诚有功，取其直（值），虽劳无愧，吾心安焉。”其二是对贪官污吏的谴责：“嘻！吾操镘以入贵富之家有年矣。”这些贵富之家或“为墟矣”，或曰“噫！刑戮也”，或曰“身既死，而其子孙不能有也”，或曰“死而归之官也”。且不说这里对为官者的规劝意义，只说这圬者的说教，显然是作者强加给他的。这就破坏了圬者形象的完整性，使他失掉了真实感，也就影响了文章的感人力量。这种说教，最后还由韩愈再说一次，而且说得更清楚明白，这说教是对圬者的观点的披露和批评：“其学杨朱之道，者邪？杨之道，不肯拔我一毛而利天下。”储欣评道：“有人以言传者，王丞福是也。”以言为传就是说教。圬者这样的人，在唐代的现实社会中是不可能存在的，只能存在于韩氏的虚构故事中。因此，这是一篇人物与观点不统一的文章。古代的隐者贤者是自食其力的，但是，并没有肯定劳心者治人的说教。难怪储欣评道：“议论本《孟子》，借圬者之口发出便奇。”奇则奇矣，只是与人物的身份隔了一层。

这四篇传除《毛颖传》外，其余三篇都以写一两件事为主，写得都很集中、简洁，确实学习了司马迁的“著其法”的写法。

古代民歌中男性代称“欢、观”的由来及演变考释

我国古代民歌中常出现“欢”字，如“所欢”、“卖欢”。观其义应是青年女子对其男性恋人的代称。如：

华山畿，君既为侬死，独活为谁施！欢若见怜时，棺木为侬开。(《华山畿》)

暂出白门前，杨柳可藏乌。欢作沉水香，侬作博山炉。(《读曲歌》)

闻欢下扬州，相送楚山头。探手抱腰看，江水不断流。(《莫愁乐》)

春月采桑时，林下与欢俱。养蚕不满百，那得罗绣襦。(《采桑度》)

这些都是南朝民歌，都写男女相悦的情怀。前两首产生于长江下游，应属吴歌；后两首是长江中游的民歌，应属西曲歌。地域之广，说明“欢”这种代称在南朝时被广泛应用。此后，历代皆有此代称出现。那么男性恋人为什么会被称“欢”呢？《旧唐书·音乐志》已对此作了解释：“《常林欢》，疑是宋、梁间曲。宋、梁世，荆、雍为南方重镇，皆皇子为之牧，江左辞咏，莫不称之，以为乐土……荆州有长林县。江南谓情人为欢。‘常’、‘长’声相近，盖乐人误谓‘长’为‘常’。”这说明常林就是长林，代称荆州，也泛指江南。“江南谓情人为欢”，所以所谓“常林欢”这种词曲写的都是江南一带的女子与情人相乐的情景。那么常林为什么是乐土呢？常林可能因桑林而得名（古时，长江一带多桑树），常、桑音近而讹。古时桑林就被称为“乐土”。郭沫若曾指出：“桑林，既当于燕之子，齐之社，则亦宋之社稷无疑。林乃‘林、蒸、天、帝’之林，楚之云梦。”那个地方是古时祭祖及男女相会欢聚之地，其俗沿袭至今。郭沫若还举了一例作映证：“近时，扬州以纸为巨大的牝牡器各一，男女群荷而趋，焚之，仲春二月，上巳，号迎春。”为此，人们就把桑林称为“乐土”，把情人称为“欢”。这种习俗和称呼由来已久。《尚书·无逸》：“继自今嗣王，则其无淫于观、于逸，于游、于田，以万民惟正之供。”“淫于观”，就是沉醉于男女之事的玩乐上。在这里，“观”即“欢”。郭沫若曾引《诗经·郑风·溱洧》解释：“‘女曰观乎？士曰既且’，观者欢也，委言之也；且者祖也，言已与他女欢御也。”《史记·周本纪》也说：“穆王将征犬戎。祭公谋父谏曰：‘不

可’。先王耀德不观兵。夫兵戢而时动，动则威，观则玩，玩则无震。”这说明“欢”与“观”古同义，皆有玩乐之意，至汉时则演变为指同欢共爱之人。东汉《易林·屯·小畜》：“夹河为婚，期至无船，摇心失望，不见所欢。”《小过》甚至把“欢君”都指为情人。那时仍保留古代男女游乐迎春的习俗，如卫地“有桑间濮上之阻，男女亦亟聚会，声色生焉，故俗称郑卫之音”。（《汉书·地理志》）东晋王嘉在《拾遗记》也说：“俗谓游乐之处为桑中也，《诗》中《卫风》云：‘期乎我桑中。’盖类此也。”这就道出了晋时的习俗与战国的习俗的递变关系。再检阅陈朝徐陵的《玉台新咏》就更能了解“欢”字的意义与用法。徐在序文中说：“‘为观尽于百骁’，观一作欢。”如上举的《采桑度》：“春月采桑时，林下与欢俱。”郭茂倩说：“《采桑度》梁时作……《右今乐录》曰：‘《采桑度》，旧舞十六人，梁八人。’即非梁时作矣。”郭茂倩也说“欢”的称说由来已久。至西晋及唐宋也还是这样说，如：

晋陆机《拟古七首》：“感物恋所欢，采此欲贻谁?”“采采不盈掬，悠悠怀所欢。”

潘岳《内顾诗二首》：“静居怀所欢，登城望四泽。”“怀所欢”即怀念曾同欢爱的人。

王鉴《七夕观织女》：“同游不同观，念子忧怨多。”“不同观”当然也就不同欢，所以忧怨多。

宋孝武帝：“辘轲戎旅间，何由见欢子。”“欢子”也就是“欢”。“子”，可能只是名词词缀。

唐时的游春习俗更盛。杜甫《丽人行》：“三月三日天气新，长安水边多丽人。”康骈在《剧谈录》也说：“花卉环周，烟水明媚，都人游玩，盛于中和上巳之节，彩幄翠帱，匝于堤岸，鲜车健马，比肩击毂。”这时仍有称“欢”的，如《旧唐书·音乐志》说：“采桑，因《三洲曲》而生此声也。”“《三洲歌》，商人歌也。”其词是：“送欢板桥湾，相待三山头。遥见千幅帆，知是逐风流。”足见“欢”这一代称，至这时不但为村俗所用，也为商人所用。

然而，“欢”为什么又称“观”呢？原来“观”即鹳，《说文解字》：“鹳雀乃大鸟……庄子作欢雀”。“鹳”字有两种读音，即 huān 与 guàn。庄子是南方人，因些读“欢”。《诗经》的作者多为西北人，读“鹳”，即观。音虽不同，义却一样。鹳为候鸟，每年秋至长江中下游一带越冬，春天即飞往北方。由于鹳的这一特征，所以古人常以之比喻征夫离妇，如《诗经·豳风·东山》：“鹳鸣于垤，妇叹于室。”这是写出征的战士归家途中想念其妻的诗。“鹳”在这里不但是起兴之物，而且还是战士的自喻。这种比喻在当时并不少见。古代人因常受征戍之苦，所以多以候鸟为喻，抒发离愁别恨，希望征人早日归来。鹳也一样，多被当作所怀之人的代称。这样，久而成俗。“鹳”与“欢”以及“观”的古音相近，后代也多作“观”和“欢”。了解“观”与“欢”的由来及演变对于理解古代民歌及古代习俗很有帮助。

剖析“居然生子”

——如何正确认识《生民》

笔者被《诗经·大雅·生民》困扰多年，今日能正确认识，其乐无穷！对古文字的解释是否正确，决定了对古诗尤其是对《诗经》的理解是否正确。据说《生民》是周公旦所作，如此来看，则此诗写于周初，距今三千多年。其中有些字句如“居然”、“不宁”等，朱熹都未能给出正确的解释，甚至有些还得出错误的结论。

此诗可以分为三大段：开始三小节为第一大段，叙述最初（以后稷开始）的生民情况。由于这是周公旦的回忆，事隔久远，且充满神话色彩，故有的文字内容极难理解。第二大段（4、5 节）专门叙述后稷的种植，他善作总结，所以植物茂盛、成果丰硕。第三大段（6、7、8 节），以祭祀为主，从父系氏族当家人的后稷肇始，内容清晰，据说他是尧的农业师。

诗的后面两大段，问题不大，争议不多，故本文不再作分析。对于第一大段的内容，则将详细而深入地分析，希望得出一个完整的认识。此段疑难处在于文字，而不在于段意。

周公旦生活在商朝灭亡而周朝兴旺之时，跨越两代，因此他懂的事有许多是后人难以理解的，《生民》即如此。

第一节写后稷的出生，那是母系社会与父系社会的交替时期，思想复杂。此节有三个内容：其一，生育者的内容。“厥初生民，时维姜嫄……履帝武敏歆，攸介攸止。载震载夙，载生载育，时维后稷。”其二，青年男女春天到郊外野合，是合理的大事。其三，姜嫄的儿子后稷到母家（有邰氏家）中居住、长大。周族的父系时代由后稷开启。

“履帝武敏歆”这五个字在文字诠释上有问题。学者历来对其的断句都是前四字后一字，不太恰当。这不恰当的理解，使读者疑窦丛生，并导致错误结论。《辞源》：“敏，‘足之大趾……履帝武敏，歆。’《笺》：‘敏，拇也。’”①“武敏”即是足大趾。这属于帝方，与女方无关。“履帝武敏”被神化被模糊

① 商务印书馆编辑部. 辞源. 北京：商务印书馆，1982. 346.

化了。两个人物是姜嫄、帝。写姜嫄的有三个字，写帝的是两个字。笔者认为，断句应是前三字而后为两个字：履帝武丨敏歆。释字，笔者取《说文解字》：“敏，疾也。”① 不取足拇趾。

“敏歆”应紧密连在一起，写的都是姜嫄与男子（帝）野合后，女方的身体感受。“敏”字，在商卜文中只有单独一个字，没有例句。徐中舒云：“义不明。李孝定释：‘象矢着人臆下，会意。’”② 根据“敏”的字义，戴着美丽首饰的青年女子，被矢所射中，得了疾（病）。这是一个合体字，由男（攴）女两方构成。从具体诗句看，是姜嫄与帝（男子）交媾之事，并且姜嫄怀孕。

有一个记述战国时赵国大将军廉颇的小故事，他在吃一顿饭的时间内“三遗矢”。在此，“矢”释作大便。可知，有时“矢”可以是人体的一个小部件。在“敏”字中，攴即是矢，是男子的阳性。合体字、会意字都是这个意思，是比喻义。

汉朝的王充说：“歆者，内气也。”《诗集传》：“歆，欲之动也。”“履帝武敏歆”指姜嫄接纳（履）帝（某男子）的武（矢、攴），“敏歆”是指姜嫄“中矢”之后，身体内部有情欲活动（受孕）的感觉。交媾有时表示遇的意思，商代的卜文是两条鱼头碰头谓之媾。朱熹概括地写道：“姜嫄出祀郊禖，见大人迹而履其拇，遂歆歆然如有人道之感，于是即其所大所止之处而震动有娠，乃周人所由以生之始也。”许慎把“敏”释为疾（病），其他的人则释为拇；拇的诠释不但造成混乱，而且造成错误。《山海经》言：“大迹在雷泽，华胥履之而生伏羲。”③ 所谓大迹，其实是男人之迹，华胥所追求的是那位大男人所行走过的路，详细地讲是她（他）们生活在一起（相遇、相媾），于是生了伏羲。这是父系氏族社会的初期。

第二小节，更为特别，难点丛生。本来，后稷的出生很顺利，生母亦安全无灾。然而由于先前解诗者对文字的错误解释，把此节诗弄得一塌糊涂，真是可悲。问题之一在于“上帝不宁，不康禋祀”。所幸的是朱熹理解对了：“不宁，宁也。不康，康也。”他把“不”字理解为反问词“岂不”，于是肯定了“宁”、“康”。虽然他猜中了，但到底“不”字该怎么解释才正确呢？

诗中的“不坼不副”，“坼”、“副”皆释为裂。这个“不”，是否定词，句意为安全无灾害。

“以赫厥灵，上帝不宁。不康禋祀，居然生子。”笔者认为“不”字，不

① 许慎. 说文解字. 北京：中华书局，1963. 67.

② 徐中舒. 甲骨文字典. 成都：四川辞书出版社，2005. 333.

③ 郭璞注. 山海经·穆天子传. 长沙：岳麓书社，1992. 144.

是反问词，不能作“岂不”理解，而是肯定词。“不”，徐中舒解字：“象花萼之柎形，乃柎的本字。”[①] 郑玄云：“古音不、柎同。”其实，柎是花朵的基托，是最重要的本体。所以“不”同“丕”同“否”。在此诗句中，“不”的意义是大、整体。这可参考《尚书·周书·大诰》：“弼我丕丕基。”[②]《尔雅》释“丕丕，大也”。中山大学的容庚说得更明白：“此不、不不即丕丕。”这就是整体、大的意思。

《诗经·小雅·常棣》一诗开始即“常棣之华，鄂不韡韡。凡今之人，莫如兄弟”。以花萼比喻兄弟，父母所生，情同手足，在急难之时，最能互相帮助。花的子房与花萼是花朵的根基，以此暗示兄弟的同胞情谊。而朱熹却以“鄂，鄂然外见之貌。不，犹岂不也”去解释，显然不恰当。“鄂”是花萼；不，是柎。这是棣花，果如樱桃，所以，“鄂”应当是萼。棣花的托蒂犹如同胞兄弟，围绕子房生长，亦如兄弟同住一室之中。

江东人称草木子房为柎，花朵的下部称为鄂。《山海经》言：“黄华而赤柎。”[③]《诗经·周南·芣苢》：“采采芣苢，薄言采之。”“芣”即柎，“苢”音以。今天称“芣苢”为车前草。《甲骨文字典》言：“今辛不至庶。”[④] 此时，割取不（芣苢）回来煮吧。辛：刀子；不：芣苢；庶：煮。《甲骨文字典》有一例卜文：“丁亥卜今不方其出。”[⑤] 意为：此时“不”才生长出芽。

芣苢矮小，只能采摘全草，柎萼、叶子种子一齐采捋。因而知道不是柎。既然是全草，则是整株。由此可证“不宁”、“不康”，是全宁全康，是大宁、大康。因而可以解释为“上帝大宁”、“大康禋祀”。意思是上帝十分安宁，大饱口福食祭品。

《诗经·鲁颂·閟宫》：“閟宫有侐，实实枚枚。赫赫姜嫄，其德不回。上帝是依，无灾无害。弥月不迟，是生后稷，降之百福。”鲁是周公旦的封地。这是鲁国祭祖宗的诗。写上帝佑助周族，使姜嫄生产后稷时很顺利，母子平安！这两首诗都写姜嫄生产后稷一事，可以互相参照理解。

第二节的前七句是祈求上天保佑母子平安、无灾无害。最后只有一句，是平安生子的大结局。这是大喜事，然而朱熹却说：“使我无人道而徒然生是子也。”他又释“居然犹徒然也”。好事变成怪事！难点在“然”字。商卜文没有“然”字。《左传》前722年：“使居之。”之：代词。《山海经》一书中

---

① 徐中舒．甲骨文字典．成都：四川辞书出版社，2005. 1268.

② 王世舜．尚书译注．山东师范学院聊城分院中文系古典文学考古教研室，1979．216.

③ 郭璞注．山海经·穆天子传．长沙：岳麓书社，1992．23.

④ 徐中舒．甲骨文字典．成都：四川辞书出版社，2005．1031.

⑤ 徐中舒．甲骨文字典．成都：四川辞书出版社，2005．1612.

多次出现“居之”一词。《左传》前666年：“夏，使太子居曲沃，重耳居蒲城，夷吾居屈。”一连三个“居”字组，都属动宾关系。《诗经·小雅·十月之交》：“四方有羡，我独居忧。”唯独我生活得很忧愁。又《诗经·小雅·北山》：“或燕燕居息，或尽瘁事国。”“居息”即居住生活而且闲息。两条资料，都属动宾关系，都是有意义的实词而不是词尾。《左传》前711年：“司马则然。”然：这样，代词。此“然”字在词尾，与“居然”的位置完全相同，对我们理解“居然”很有帮助。《穆天子传》：“居乐甚寡。”① “居”字后面的词都有具体意义，没有词尾之意。商卜没有“然”字。如果“然”字在周代才出现，一般不可能是词尾。所以，“徒然”是后来才出现的字词。

从前，“居然生子”没有断句，这对于词意的理解不仅有困难，而且很不准确。我们可以在分析时断句，理解句意之后才合成完整的意思。“居然”着重介绍生活环境，而“生子”着眼于产育，应该有所分别吧？

《辞源》把“居然”释为“安然”②。“安然”虽然不同于“徒然”，但也没能分析出其所以然。

“居”，特指安定的居住环境。如“玉几，为王及神所凭者”。退一步，石几、木头都可以用来靠背。朱熹知道：“生子者，及月辰居侧室也。”这就是一个独立而安静的居住环境。“然”，则是居住环境的一个重要条件，笔者认为是熟食，尤其是肉食。《宋本广韵》：“月犬，犬肉。”这里只限于犬肉，其实是以其中一种为代表，代表多种肉食。勾践在其积聚生息时就实施了生男者给犬肉、生女者给猪肉的奖励措施。商卜文中有犬肉祭拜祖先的记述。《甲骨文字典》：“甲午卜，今日燎于黄奭二犬二豕。”③ 《说文解字》：“然，烧也。”④《淮南子》：“两木相摩而然。”⑤ “然”通燃。《诗经·大雅·行苇》：“或燔或炙。”朱熹说：“燔，用肉。炙，用肝。”这里的后缀没有用肉，但释为肉食。那么，“居然”的“然”亦可释为烧肉，道理相同。《急就篇》：“柿，赤实果……枇杷木然柿。”⑥ 木然，取其赤色如火。此义来自燃烧的红火。

前485年，吴王阖庐：“在军，熟食者分，而后敢食。”对于熟食，写得如此郑重，可知熟食的意义何等重大。此处文字所记的时间，比姜嫄要晚千年吧。可知，姜嫄所处的时代，熟食可能更为高贵。

---

① 郭璞注．山海经·穆天子传．长沙：岳麓书社，1992．240．
② 商务印书馆编辑部．辞源．北京：商务印书馆，1982．8．
③ 徐中舒．甲骨文字典．成都：四川辞书出版社，2005．1096．
④ 许慎．说文解字．北京：中华书局，1963．207．
⑤ 刘安．淮南子．长沙：岳麓书社，1994.207．
⑥ 史游．急就篇．长沙：岳麓书社，1989．139．

《诗经·大雅·板》写天道反常，灾难频发。旧说是讽刺周厉王之诗。我们着眼于《板》与《生民》两诗的写作时间较接近，有利于我们的理解。“上帝板板，下民卒瘅。出话不然，为犹不远。”害民的王还称上帝，上帝的形象由此可见一斑。请注意“出话不然”。“不然”，不是从前老祖宗说话的老样子。“然”，代词，并非没意义的词尾。该诗一共用了三次“无然”一词。如“无然谑谑”等，其词序结构均一样，与“居然生子”结构也一样。“无然”是指不要这样，是代词，并不是词尾。从这些例子可以知道，“居然”的“然”不是无义的词尾，不能解释为唐宋时代的“徒然”。《诗经》中“居然”的“然”，是实词，指烧烤肉食，熟食。“居然生子”中的“生子”，容易理解，无须多舌。

第三小节，朱熹评说：“无人道而生子，或者以为不祥，故弃之。而有此异也，于是始收而养之。”“弃之”的原因是无人道、不祥；收养是“有此异”。这些所谓的道理都站不住脚。

从后稷开始，也就是周族父系氏族社会的开始。后稷只知其母，“即有邰家室”。邰是其母之姓，却不知其父。尧因为后稷对农业有研究，所以授他为农师。尧的时代，是父系氏族与母系氏族争夺领导权的时期，当时父系氏族占上风。父系氏族胜利后，只说男权的优越处，而贬低女子。笔者认为第三节诗与此大有关系。

母系氏族恨父系氏族夺权，因此见姜嫄生了男孩，即这个敌人的后代，便因恨父系氏族转而憎恨其同性，所以后稷一出生就被众位母亲鄙视并遭遗弃。但生母与婴儿有割不断的感情，虽然母亲迫于外部压力而弃之，但因母子情深，虽弃之而又恋之，去而复来，反复三次，最后是母子情战胜社会情。这里的神秘色彩，是周族人加上去的，分析时要把它剥离出来。

反复三次，其一，她弃儿时，碰上伐木的人，是男性，因为同性相亲，故不敢把儿子弃在此地。其二，她弃儿时，碰上牛羊给婴儿喂奶。羊是姜氏的祖宗崇拜神，如此，可预见此儿是祖宗所钟爱的，将来一定会有作为有建树的。其三，得到神鸟即姜氏的图腾神的庇护，预示此儿将来一定是个了不起的人才。太阳有三足乌，是阳性的象征，乌能返哺，既是神鸟又是孝鸟。民俗间流传有爱屋及乌，因此，乌备受人们的爱护。有此三大预示，姜嫄才把后稷抱回家中细心哺养。当然，这是周族的有意神化。可以作为认识，但不必信仰。

这种丢弃男婴的行为，与后代的父系氏族社会丢弃女婴的行为如出一辙。遗弃女孩之事，《左传》中的记载不止一次，褒姒是其典型。《山海经》：“舜时，西王母遣使献玉环。”① 从舜时至周穆王这么长的时间内，西王母仍处在母系氏族社会，仍以“嘉命不迁，我惟帝女”② 自称。帝女会自动让权吗？不可能！舜的弟弟以为把舜害死，就能占领兄嫂家室，且父亲得分其牛羊财产。这现象怎么解释？而尧的权威何在？这只能证明母系氏族的势力仍然很强大，而父系氏族只是一株幼苗而已！一位女子出嫁，其近亲姐妹随嫁，这现象怎么认识？如此看来，后稷出生时因母系氏族的势力迫使而被丢弃。所以，这是斗争的一着棋子，是两种势力交锋的社会现象。《左传》前583年：“卫人来媵共姬，礼也。凡诸侯嫁女，同姓媵之，异姓则否。”同姓的姐妹同时出嫁（同嫁一夫?），古代指随嫁（男或女）。郑玄注：“古者嫁女必侄娣从，谓之媵。”当作奴隶使用吧？这是群婚风俗的遗存。周朝刚建国时有约言：母鸡无鸣。有则天下共逐之！对女权的戒心何其重！

附另一例《诗经·周颂·丝衣》：“丝衣其紑，载弁俅俅。”朱熹释“紑”为洁貌是不恰当的。其丝衣如花萼，花萼围绕子房，附着其周围，有如丝衣缠绕在身体的周边。

① 郭璞注. 山海经·穆天子传. 长沙：岳麓书社，1992. 30.
② 郭璞注. 山海经·穆天子传. 长沙：岳麓书社，1992. 223.

《百兰山馆诗》的内容及风格

百兰山馆是丁日昌晚年在揭阳榕城的居住之所。《百兰山馆诗》是他一生的诗作合集。这个集子在丁氏去世（1882）后不久曾出版，但现存本极少，所以，历来对这部诗集的评论文章也不多。最近由其曾孙旅泰侨领丁家骏出资印以赠人。本人有幸得了一本，细读之后，颇多感受。

丁日昌少有诗才，又勤奋好学，被誉为神童。他十一岁读书时写于丰顺太平寺壁上的一首顶真体诗就流传极广。

江南一树梅花发，一树梅花发石岩。

花发石岩流水响，石岩流水响潺潺。

潺潺滴滴云烟起，滴滴云烟起半山。

烟起半山春汛到，半山春汛到江南。

我们可以从这首诗中看出，少年的丁氏确有诗才。其诗清新活泼，音韵铿锵，情意盎然。

一

《百兰山馆诗》全集有五卷共652首诗，还有词14首，对联几十副。诗体多是五言、七言律诗，还有民歌、排律等，内容丰富，形式工整。

第一卷（1842—1850）这近十年中，诗人住在家乡丰顺县，以教书为生，也曾三次参加科举考试，皆落第。他在诗序中写道："时余设帐蓝田书屋……高声呼门徒，讲大学章旨。"

第二卷（1851—1857）这段时间，诗人或在家乡或在惠来继续以教书为生。因生活穷苦，这时所作之诗皆多感慨，对当时现实不满的文字随处可见："弹指三年雁作宾，凄凄风雨友声真。鲈莼偶作思归计，鸿雪原留未了因。""客久聊凭眺，荒郊入望遥。"他的行踪如雁之漂泊，心情与荒野一般凄凉。

第三卷（1857—1860）这一时期他由廪生提为琼州（海南）府训导。从此，他开始踏入官场。这时的诗多写他赴琼途中的所见所闻："此邦迁谪多名宦，何处销魂不杜鹃。欲问二苏游屐迹，海风吹没近千年。"（《雷州道中怀古》）他与二苏都是"为官复为儒"，所以感受相似。值得深思的另一首诗

《途中读项王传感题》："得时便欲彭城住，失势愁贻父老羞。抛却功名就乡谊，此公风义足千秋。"诗中肯定项羽不忘故乡父老情，且懂得羞耻的英雄气概。

第四卷（1861—1865）这一时期，他因在潮州城桥东下津捉获吴忠恕部一百多人而升为江西万安县令，后因县城被太平军攻陷而丢官。所以他这一时期的心境是"出门十步九叹息"。自此以后，他常到曾国藩幕府奔走。接着又被调往广东高州去调解卓兴与方耀两军之间的矛盾。

第五卷（1866—1882）这段时间他先任苏松太道台，继而授巡抚等职。在此期间，他又被借用到广东办洋务。当时他的心情是不悦的："蜃气苍茫接里门，时难谁与息纷纷。愧无陆贾降佗术，漫拟相如论蜀文。名世有才摧旧雨，出山无定是闲云。"自己有实干之才，但因被借用而无实权，因以嗟叹。但他还是能够运筹帷幄，努力进取。他说："自笑因人事竟成。"然而，他这段时间常遭保守派攻击而不得意："宦海廿年浑似梦，酒杯千载向谁论？焚香扫地供吟兴，凿井耕田尽主恩。"

诗集题材广泛，内容丰富，富有人民性。

第一，通过自身的经历，反映鸦片战争后人民的困苦生活，表达诗人关心民瘼、同情贫苦的感情。

丁日昌出身贫穷，青少年时生活极其艰难。他 20 岁时，到潮州城考秀才，就因乏资饥饿而昏倒于揭阳新圩。然而他穷而有志，仍坚持刻苦自学。"最是初曦须爱惜，夕阳虽好已昏黄。"他 24 岁时写道："一弓小辟读书岩，蔓草疏茅手自芟，敢诩史长才学识，难尝世味苦酸咸。此时说梦终无益，他日知谁果不凡。"由自己的穷困而感受到世味的辛酸。他 25 岁时为生活所迫当了塾师："今年弃犁锄，翻就砚田辟。学作村夫子，俸钱月四百。下有儿口黄，上有亲发白……怆然顾四野，将有哀鸿悲。内子笑指釜，三日既不炊。升斗难自谋，乃虑他人饥。"他是由自己难以养活家口的境况而"怆然顾四野"，"乃虑他人饥"。那时处于军阀割据，外族入侵的时期，农村确是一片萧条冷落："数椽茅屋对瓜棚，白发毵毵一老生。五六七人同席坐，两三四句读书声。送来野菜情偏厚，睡到天明梦亦清。"（《村斋题壁》）村塾竟如此冷落，便可以想象那时农村的萧条了。

诗人对于自己的穷苦生活，从不隐讳，他说："疏狂草草又寻春，棕帽芒鞋不讳贫。""不讳贫"的用意是诗人借诗来表达对穷苦人民的同情。诗人这种感情是朴素、纯真的。直到他 35 岁踏上"为官复为儒"的途程时，他也从不讳贫。"客里似家家似客，贫穷疾病病仍贫。频年负米萍飘惯，捧檄聊堪慰老亲。"这是他被任为琼州府学训导时写的，情意恳切，心地坦荡，充分表达了对宦游生活无可奈何的心情。

正因为丁氏自身尝过世味的辛酸，又看到当时社会腐败，民众困苦，所以后来为官也就能关心民瘼，注重为人民做好事。翁同龢评丁氏任江苏巡抚时说“一意兴革，民用洽和”。饶宗颐先生于1987年写的《新刊丁禹生政书》序中也写道：“适其抚闽，躬问民瘼，赈灾救弱，日不暇给。尝巡台湾、自苏澳以至恒春，披草莱，立城邑，番民夹道欢呼，其功烈盖伟矣。”广东省社会科学院苏海泉、刘治安同志的代序中也评道：“丁日昌关心民瘼，敢于平反冤狱，惩治贪吏……”这是他关心人民的主要表现。这在他的诗中也有所反映。如《决堤叹》：

七月七日大雨倾，潇潇嘈嘈至五更。
七月八日河堤决，浩浩荡荡田庐灭。
百丈红涛破地流，登山未得且登楼。
楼头倾刻被水覆，百万生灵齐一哭。

……

去年嫁女足供粮，今年嫁妻赋莫偿。
老弱看看沟壑满，壮者终将四方散。
吏胥催租急如虎，推门无人室无釜。

这是写1842年丰顺遭受水灾的惨状。诗人用民歌的形式、白描的手法，以通俗的语言细致地描述了急剧的水患给人民带来的苦难。诗人同情灾民的深情溢于言表。

35岁时，诗人在赴琼州路中，见老隆地区干旱成灾，农夫衣不蔽体、枯瘦如柴，他即下轿询问。于此，他写道：“裘薄不足怜，岁荒乃为虐。去秋旱至今，未见雨盈壑。农夫释耒叹，土坚安可凿？”真实地写出了当时旱情的严重，但更可怕的是“频年苦烽火，祇恐楚氛恶。大兵逢凶年，不谓古语确……圣人施恩泽，官吏重橐橐。”这就在一定程度上揭露了人民遭受灾难的社会原因。又如他39岁时在淮海途中写的旱情诗：“哀鸿遍郊野，急切待甘霖。”面对这种遍及社会的灾祸，他心急如焚，但感到自己官小职微无能为力：“俸纵能分有瘠肥，欲救舆薪恨杯水。”

丁日昌这种视民患为己痛的心情，直到晚年仍很强烈。他在任福建巡抚时已54岁了，且常因病卧床。但有次暴雨成灾，他还叫人搀扶，拖着肿胀的双脚上城楼指挥抗灾。他有诗云：“鸿嗷遍中野，蚁穴沙出礤。”“风灾接水患，民困几半稔。我时住城头，有泪辙自饮。飞书乞移粟，濡毫不待沉。”急速向各地发出求救。1876年上海《申报》对这件事有报道：“南门外积水涨至丈余……闽抚丁中丞立即登城，亲自相机筹变。一面饬开施粥厂赈济灾黎。”第二次水灾发生于1877年，比前一次严重。《万国公报》云：“幸赖丁抚宪，实为苍生造命之侯，札饬设救援小舟数百……得保生命，不下数万。”

就平治冤狱方面来说，他吏治清明，也取得了可喜成绩。他说：“懒得民怜稀积牒，瘠能向义渐穷经。”自注云：“初下车时，每期投词三四十纸，力为清理。今每期仅三四纸矣。”他在万安任上也极重视为民平冤。两江总督沈葆桢序《抚吴公牍》就曾提出：“公淬神殚精，创设条教，抉剔弊源，两年之间，奸蠹敛手，闾左苏息，上下康义，肃然井并，何其伟也。”更为可贵的是他不畏豪强、执法如山的品质。翁同龢评丁氏任江苏巡抚时说：“深知症结之所在，抉摘隐伏，专通上下之情，而豪强大姓及吏之不奉职者，皆不便其所为，日腾谤书，百出百变。公屹不为动，一意兴革，民用大和。”即使最顽固的慈禧也承认这一点，她曾亲口对丁说：“尔在江苏做官，虽然官场书差不喜欢尔，然百姓至今思念尔。”

另外，丁氏关心民瘼，爱护百姓，还表现在他对农业生产的重视。他56岁回揭阳养病时还写道：“前夕桔槔苦，杯勺难取盈。今朝沟浍满，欣欣禾黍荣……又惧久阴晦，根腐苗不萌。四海皆饱与，焚香祈阴晴。”他对着“禾黍荣”，还忧心天不晴，可见其殷切之情。然而不仅如此，他还希望“四海皆饱”，所以日夜“焚香祈求”。

诗人有两篇词叫《满江红》，其一为《忧旱》，其二为《喜雨》。其中有云：“田祖忽教千里润，稻孙稳望三秋熟。笑腐儒，晴雨也关心，悉枵腹。”关心晴雨，实则关心农业生产，关心农民生计。这在高高在上的腐儒看来，肯定是不赞赏的。所以这腐儒，既是自嘲，亦是嘲别人。

诗人55岁时巡视台湾全岛，不但关注汉人的生活，亦关怀番民的度日。《内山番民饥困动款施赈片》对于“无衣无食之番，一律筹款酌赈”，还提出“教之耕作，开浚水源，俾防荒旱。广设义学，导以尊亲”。随处关心农业生产，随时指示兴学育才，即使对于海岛台湾，亦不例外。这在他的诗中都有所反映。

第二，盼望为国建功立业，反映鸦片战争后知识青年的苦衷及其志向。

这在丁日昌的诗中占有相当的分量。丁氏年少而有奇才，总盼望为国建功立业。他说：“此时说梦终无益，他日知谁果不凡。”可那时一个穷书生要有所成就只有走科举一路。而要赴考，就只得勤奋读书。然而他13岁时，父亲就去世了，一家数口只靠寡母黄氏以挑盐、纺织支撑生计，家庭生活十分困难。但他还是忍饥受寒勤读不辍。“诗为多情作，衣因百补温。”“忆昔与君共窗读，夜上书声出茅屋。邻翁惊醒不得眠，亦复长吟歌当哭。”他的苦读精神实在使人感动。到20岁时，他就到潮州考秀才，但仍不能施展自己的才能，家庭仍旧十分贫困。为此，他曾到县衙击鼓鸣冤高喊：“青天白日，饿死廪生!”县令试他学识，他便以对对联作诗打动人心，于是被留于县衙作西宾。后惠潮嘉道李璋煜览其诗文，赞为“不世才”，延请其入幕府。这期间，他曾由山右贤太守相助赴广州参加考试，结果虽然失败，但他仍不甘心，又两次赴考，皆落第。这时他的心情有些痛苦：“薄暮驱车到国门，炊烟满眼日黄昏。有怀欲向秋风诉，落叶萧萧岭不言。”（《过言岭》）“功名草草三生恨，风月匆匆一岁过。记取去秋衫尚在，泪痕还教酒痕多。”但他依旧没有灰心丧志，仍坚持一面教书，一面学习，直到35岁才踏上仕途。

他将要到万安县任事时写道：“几道泉流未肯闲，时从石罅散潺潺。此间便要分清浊，仔细思量再出山。”他借泉流的清澈明净，指出其高洁的品质，但出山以后是清是浊，却是个大问题。其实，这是他从政以后经常考虑的问题。几十年的人生阅历，使他积累了许多有益的人生经验。他将以贫穷的清白身世出山，出山之后还能保持清白。他治平冤案，关心民瘼的行为，可以说明这一点。

他题任月坡《鸿爪集》：“三千六日留珠海，一百四篇贮锦囊。叠向轻舟壮行色，不须选石压归装。”诗人题诗设想用诗集来“壮行色”，歌颂其清高的人品；用诗集来“压归装”，赞其朴素而廉洁。题序不以官途入诗，不以金钱财物入诗，两袖清风的小官吏形象栩栩如生的跃然纸上。

不少历史事例和历史人物常常在他笔下呈现。这方面的内容大都作于他在私塾期间。《读宋史题后》：“晚计犹能主北攻，替渠作记未昏蒙。宋儒口业分明在，一角南园累放翁。”这是歌颂诗人陆放翁的豪情和爱国主义思想的。联系诗人后来对海防建设的贡献，亦是爱国的。《读唐史》其一：“姚宋同称宋望恢，巍巍硕德亦清才。岁阑肯作梅花赋，不肯权门作客来。”姚指唐朝开元初的宰相姚崇，其内外治绩辉煌。宋指宋憬，治绩胜过姚崇。用梅花来比喻两位德高望重的宰相的正直品质，中肯得当。暂且把诗人《过蓝关韩文公庙题壁》亦当学习史诗看待：“寄声收骨瘴江边，直谏心原铁石坚。何事诚惶更诚恐，当时谢表太凄然。”这里，诗人指出韩愈对南方气候未免太过恐惧，还批评他太没骨气，谢表写得自卑可怜，但亦肯定他忠于唐皇朝的耿直品性。

1876年，他渡海巡台，踏遍全岛，以致中暑而染病。他有《恒春题壁》记下台湾的风光及感受：“东瀛已是天将尽，况到东瀛最尽头。”又“人日题诗寄几人，春风吹我到恒春。君门万里行何远，乡梦千重境未真。瘴雨蛮烟供啸傲，奇峰怪石亦精神。欲书千本回心曲，遍付穿珠贯耳民。”这是较早反映台湾生活的诗歌。诗着眼于教化土著，使他们心向祖国，为后来排斥洋人立下根基。这“回心曲”就体现在他写的《台湾府属杂饷征收苦累情形疏》中，如革除贪财货的腐败官吏，豁免苛捐杂税，指出：“于善良之番，善为抚绥，不准百姓稍有欺凌，通事稍有垄断。”

江苏抚署的楹联最能说明他为官行事：

官须呵出，干来若处处瞻顾因循，纵免刑章终造孽。

民要持平，待去看个个流离颠沛，忍将膏血入私囊。

他把为官宗旨通过楹联公之于众，前联说明他为官治事敢于革除弊端，后联针对污吏鱼肉人民的过分剥夺。如此坦荡的胸怀，值得肯定和赞扬。

丁日昌的为官做人，还是对得起民族、国家的。根据温廷敬《清福建巡抚丁公行状》所记载："是时慈禧太后临朝，虽颇通政事，能用人，而黩于货贿。当国王公例有私献，则倍索于疆吏以取偿。虽勋望如曾、左辈皆不能无馈。公当官廉，虽屡膺腴缺，然所入实不丰。入觐时，循曾公馈例，薄。而某王方当国，以公所历沪道、运使，地皆饶，索馈十万，许以可得总督。公已匮乏不能应，且不欲以贿进……遂失某王意，公乃具奏缕陈病状，乞回籍调理。"这段文字出自前中山大学图书馆馆长与广东省修志馆馆长的温廷敬之手，是公允而可信的。

丁日昌在沪道任上，督促下属认真办案，但亦教他们要善于体恤民情；"地方官收阅呈词，但看情节紧要，即当立时辨理……本部院深知词讼为民生之大害，故剀切申明。愿诸公留一分菩萨心，造百年子孙福。"说理之后喻之以情，婉转地规劝，希望下属能做个正直的官员。

诗人能以变动的眼光看待历史世事和政事，并以此来反省自己的行为与处事，故能经得起历史的公正评价。他在《题岳武穆砚拓本》一诗中写道："陵谷能迁海能变，荣枯过眼如飞电。赵家寸土今不留，留得精忠石一片。"将岳飞的精忠石与赵宋的国土，留与不留，作历史的对比，精当而深刻。这不但是诗人对忠与奸的评价，亦是诗人人生观的体现。忠于国家与民族，是他一贯的观点。

第三，揭露封建科举制度弊端，期望改革教育制度，为国育才。

封建社会的仕进离不开两千多年前孔丘设计的"学而优则仕"的框架，即使隋唐以后一直沿用至辛亥革命止的科举制，亦是"学而优则仕"。丁日昌只考取了秀才，而从20~30岁间，他亦不免"出门钓微名"。他坦率地承认失败："妄冀登场摧大敌，并无余梦到春闱。"他自注"学使慰诸生谕有：'可怜无定河边骨，犹是春闺梦里人，不亦伤乎'"之句。今年考不上，来年仍要考，不是梦里人—白骨—落第的恶性循环么？更有甚者，更令人悲愤的是"本非良苑三千客，滥厕平原十九人"。作者在此句末尾注："时抚军决科内，被刖者十九人。"落第者的心情本已万分羞愧痛苦，还要被官府砍断脚而成残废人。难怪诗名题作《遗场被刖》！这样悲惨的落榜结局，除了作者外，历史上尚没有人在文章或诗歌中留下如此纪实的文字。作者若没有一定的勇敢精神，岂有这么真实的历史性记述？

诗人一向重视发展教育。青年时期，诗人曾坐私塾教育子弟：“时余设账蓝田书屋。”此书屋在他的家乡丰顺县汤坑（晚年他搬家至揭阳城）。执教期间，他倡建学校：“宏开大宇纳清流，土木丁丁费运筹。劝学苦心随地见，树人长策百年周。殷怀顿望楼成凤，余烈终看剑买牛。他日醇风继邹鲁，部民谁不说前侯。”他与地方官建文昌宫及修书院的情怀何其真挚，百年树人的眼光何其远大，继承邹鲁文风的期望何其殷切。他特别强调地说：“居官须记秀才时。”秀才的生活是清苦的，记住它就不容易忘本。诗人 38 岁时在万安县令的任上，自己捐俸钱重修云兴书院，并且取得可喜成果。他在《留别万安士民》中的一首诗里详尽地记录如下文字：“云兴书院毁于兵火。为捐俸重修并助诸生膏火及乡试路费。邑久不获隽，今科竟捷二人。”欣喜之情溢于言表。50 岁时他在揭阳榕城的“絜园文课，至者三百余人”，这是他在家养病时指导学子的真实记录。“文场严肃等军令，将军真是周亚夫。兼收好采葑及菲，报恩或有酤与屠。”考场里严肃如治军，犯文字之禁的要挨打遭刖。这“屠”即刑罚，为其他诗所未见，资料很有价值。

诗人到海岛台湾视察，亦很重视兴学。“番社市镇，均广设义学，选择善于劝导之塾师，随时为之讲说礼义，导以尊亲。其各番社头目，尤应劝令多送子弟入学，以资化导。”诗人在其所到之处都不忘兴办学校推广文化教育。《札苏藩司饬属设立学校》中有“设立社学章程八条”，如此详尽的办学指导资料，极其宝贵。其中一条对师生的要求是：“塾师无故旷课，一月至五日者，辞；学生无故不到，一月逾五日者，黜。”这样的条文既严格又具体。在诗人的著作中，还可挑出倡建义学社学几十条，数量之多，他人未及。《陈令在南汇县任内倡建书院义仓等项善举行司记功》是表彰其下属“振兴文教，惠爱生民，牖启童蒙……洵能尽心民事，堪以风示群僚”。诗人鼓励并提倡办教育，能为国家民族着想。

丁日昌在《海防条议》中亦提出培训人才的想法，如“储将来有用之才，其目有九：图学、算学、化学、电气、兵器、机器、工务、船务、政务”。他不但想到新学科，并且有意超越“四书五经”的范围。如此培养人才之法，直到他担任福建巡抚后才得以实施。彼时他请了 3 名外国教员教授 40 名学童电线原理。如此创举，有革新教育之功。

丁日昌比较讲究实际。他认为不教而诛，不是好的上级；教而不改，诛亦心服。以义学为例，他既教又做，赏罚分明。“闻该令又于陈夏二公祠添设义学一处。黄渡虽未动工，已借关帝庙设立义学。如此留心教化真牧令中不可多得之员，望即手书奖励，使之有志竟成。惟闻该县珠溪义学塾师张姓不甚得力，兼吸洋烟。祈转致速为撤换。有一吸烟先生，诚恐引出无数吸烟子弟，不可不慎之于始也。”他亲笔书写这份材料，说明他重视义学，慎择老师，目的是教育出有用之才。

塾师出身的丁日昌，为官后能始终倡导教育，且能适应世界形势，增设新学科。他的眼光是十分远大的，值得赞扬。

二

《百兰山馆诗》洋溢着浓厚的亚热带山光水色的特色，充盈着水乡泽国的南方人物风情。该诗集能够体现诗人的思想感情，有自家的个性，于人民、于社会皆有裨益，可谓好诗。

诗集中有惊人之语，亦有别出心裁之诗。我们历来崇拜女娲补天业绩，而诗人却是：“补天补不完，吾怪女娲氏。自从一月来，霪淋漏不止。”南方多雨，有时一连五六十天太阳都极少露面；有时却又暴雨如注，水涨盈丈。但诗人不从地理特点着笔，却翻女娲的补天案使得诗句十分新颖。《满江红·忧旱》上阕：“酷暑经旬，举望眼，如焚念切。睹原湿，曾无涓滴，条条龟裂。阵阵浓云疑作雨，看看皎日光尤烈。恼娲皇，多事补青天，难消泄。”天旱亦怪女娲，理亦成立，晴雨皆由天。他藏书富、读书多，且能活用古代故事，这是读活书。“有何人飞上挽天河，沿村决。”为解除旱情，诗人设想有人能上天挖开天河堤，让倾盆大雨来润泽田土禾苗。合理的夸张之语，使读者拍案叫绝。

他写大海的吼声：“饱听怒涛三百里，何人赤手掣蛟虬。”诗人于1877年有一段时间巡视台湾，熟悉从太平洋吹来的涛声，所以“饱”、“怒”、“三百里”并不见得夸张过分。“穿珠贯耳民”，这是纪实的人情风俗，只有台湾高山族才有此装饰。亚热带的潮州有自身的各种特色：“堞破榕髯补，墙欹石笋穿。”诗句文字通俗而生动，对仗自然。榕髯、石笋，皆为岭南最具特点的植物，只有多雨多水，才有可能不择地而生。

他的古诗高雅合律，对仗押韵，得体成章。“桄榔千树色，蛤蚧五更啼。”桄榔、蛤蚧均为南方所特有，取之入诗且对仗，如锦上添花。“海水自来还自去，罡风时发复时收。”海边风大，变化多端，用其自然规律，拈来成句，和谐而优美。“潮落乱滩高有眼，水平两岸碓无声。”海滩有眼，瞬间之象；碓臼声大，被潮声掩盖，难得之景，两句既俗而雅。“万倾平沙盐虎白，一丸落日海云黄。”能用对句表现如此独特的大景观（盐场与海景），高雅而有气魄。“灯光侵水直，风势压帆横。潮落胶千艇，宵深听六更。”海潮退，海涂成片露出，于是艇着涂面上，呈现在观者眼前的真如一幅海滨丹青图。

他写南雄的独特景象："岸树压篷排日色，江涛春枕走雷声。舟中无地装英石，天畔何年凿土城。"岸树高危，涛声如雷，可作大小盆景的怪石，唯独地处五岭的南雄才有。"两番孤客意，一样暮山秋。霸气馀戎垒，灯光辨市楼。"诗人丢官的心情，借两次经过南康而得以表现，情景交融，并非无病呻吟，而是真情流露。

他的新诗浅白诙谐，雅俗共赏，创作勇气可嘉。"山僧苦无雌，养花如养子。"赞耶诮耶，怎个评说？写自己则"丁生好饮不得友，时时抡指望重九"。他嗜酒，但经济拮据，难得一醉（教书时写的诗），只好期待重阳节，才有友有酒。诗人爽快的品性，跃然纸上。身边琐事如眉、须、鼻、口、耳、目，亦都写成诗篇："一笑汉宫除宦者，几多男子误无须。"谑而不俗。南方多蚊虫，他年轻当塾师时深受其害，于是写了《蚊》，状蚊形、咒其害，从而抒发了一番贫富悬殊的冤情。

诗人写了不少竹枝词。大家熟悉的唐代大诗人刘禹锡写过竹枝词，而后，历代都不乏写此词者。竹枝词的产地是四川及两湖，古属楚地。而今岭南人的丁日昌亦学习民歌，写此竹枝词。以潮州风物入诗，确实少见。这是沙里淘金，可喜可贺。他有《葵阳竹枝词》14 首。其中有三月三日"瞥见前村诸女伴，浓妆都为踏青来"的习俗，有南方特有的奇观海市蜃楼，有夜间鱼市，有"疍妇新见客必递黄烟"，还有上元佳节的民间风情看新妇："一面红妆三面烛，任人仔细看新娘。"三面烛是新房的独特陈设，烛旺房亮，热烈吉祥，生动地反映了潮汕民俗。"曲曲禅房一径通，肉身菩萨久玲珑。"据说惠来县城东侧的永福寺内曾有一和尚死时坐着，死后肉身被油漆成此菩萨，可惜日本人入侵时毁坏在其刺刀下了。诗人记下肉身菩萨，有一定历史意义。

"君不见癸余新州香荔无萌芽，培灌犹复鱼鳞加（自注：灌鱼鳞水则荔旺）；谁能毁弃糯米脐，利擅闽浙丝兼茶。"地方特有的物产，独特的施肥方法，经诗人提炼而入诗，关注庶民生活的热心肠随处可见。《村店》写农村常见的杂物，成双成对入诗，整齐而可观："鸡栅牛栏并，瓜棚豆架连。竹簪樵妇健，银髻店婆鲜。窗外飞泉挂，檐前峭壁悬。稚童隔灯火，书韵净尘缘。"以俗物村语入诗，是诗人诗作的一大特色。他说："文如阵势终须律，诗带离声不压村。"律者取古的精华，村者取今的生活，古今结合，创作新篇。又说："我辈文章原写意，故乡烽火说连村。"意思同上，可以互相印证。

丁诗题材宽广新颖。官事民事、古事今事、友事私事、日常生活、诗书图画，在他笔下皆可入诗。如水晶镜、蓬洲扇、急箫罐、玻璃灯等新事物，亦被写进诗中。新诗巨子黄遵宪、丘逢甲都曾在丁日昌的关照下成长起来。所以，对于开创新诗、描写新题材、提携新诗人，诗人应占一席之地。

走马埒在何处

走马埒是大家熟悉的地名。然而其名字蕴藏了怎样的秘密呢？

《辞源》：埒，矮墙。注："今之圃，或为短墙，盖埒之谓也。"这就是训练战马跳跃的矮墙（跨栏），也可视为是驯马的场地。潮州民间俗语有"稻埒头"，指割禾后存留着的稻草头。明朝的薛雍有诗《越王走马埒》："双溪据上游，走马埒山小。远道从天来，长堤出云表。越王今何在？刘鋹迹已杳。岁岁荒原中，秋风吹白蓼。"这里提及了走马埒的方位，但不明确。五代的南汉国，三传至刘铱时就被宋朝灭亡了。

小山头在凤山周围（即大道北端）。此处，向北翻过一个山头就是高厝塘，可驻水军，南边可驻军。此处水陆皆方便，可攻可守。清吴颖《潮州府志》载："越王走马埒在县北十里。南汉刘铱祖安仁为潮州长史时所筑。其孙隐僭王南越，追封南越王。其埒上平坦，可容数百人。遗迹尚存。"该资料极为可贵，要正确理解其内涵要点，如下：

（1）走马埒的方位在县北十里。笔者认为在高厝塘与南边相通的山头（今有山路相交通）。往西与古巷、枫洋山、杨铁岭相连接，可控制揭阳；往东沿着凤山山坡可到花园顶湖山，既平坦又方便。既然是练兵场军队的营地，范围不能太小。《潮州二千年》指出："南汉（924）高祖刘岩集结军队在潮州练兵。"潮州的范围太大，把它缩小在凤山周边一带的山丘吧。北宋初的王汉在 1012 年写的《金城山记》有记录："北行十步……西南凤山对，遂立亭曰'凤亭'。"这是较早对凤山之名的历史记录，意义不小。

让我们再来证明凤山是军事要地。陆宽有诗《邀吴过庭登凤山次韵》："浊酒相邀亦可留，新衔曾号醉乡侯……开樽千里共瀛州。年来戎马西南急……"诗题明确地指出凤山是此次登临的地点。而"戎马西南急"指形势紧张急迫，是军事行动。所以总的理解是凤山与军事密切相关。这样，古代的练兵场走马埒就自然与后代的军事行动联系起来，凤山的地点亦由模糊变为清晰了。

（2）走马埒的人物。吴颖《潮州府志》提及三个人，即安仁、隐、刘铱；《潮州二千年》提及一人是刘岩。这是南汉国家族的几代人，其排列顺序是：祖辈是安仁，其儿子叫刘谦，在唐末乾符五年（878）任广州的牙将，后来封为龙川刺史。所以，走马埒的建筑年代应在唐末（878 年以前）。此时黄巢起义，“岭东大乱”，因而可以断言走马埒是战争的产物，是潮州军队的集结地、宿营地。刘谦的儿子是刘隐，他袭父职，在唐末（896）任封州（龙川）刺史，904 年为唐朝清海（广州）节度使。刘隐死之后传职刘岩，刘岩称帝建立南汉国。刘岩的儿子是刘晟（中宗，死于 958 年）。刘晟的儿子刘铱，继位不到十年，就投降宋朝。《续资治通鉴》：“岭南诸州，刘铱日烦苛赋敛。”可见其生活十分奢靡荒淫。《潮州二千年》还记载：“（刘岩）后出兵攻打闽国，被闽人打败而归。”刘岩曾以潮州为桥头堡，攻打王审知的闽国，结果被泉州刺史王延钧等打败，狼狈退守潮州。于是，刘氏加重对潮州的剥削，以弥补战争造成的财物损失。

总之，走马埒建筑的年代是在晚唐，主要地点是凤山及其东西两边的丘陵地带。刘安仁、刘岩等南汉国的统治者均曾治军于潮州。

思古桥与双旌山

方圆约五千米的双旌山丘陵区（东西从双旌山至卧石鸡笼山，南北从社光洋至今东山路北端），在宋高宗绍兴以前是一个孤岛，它的周围是白茫茫的海水。

唐宋时进入潮州府，若行水路，北有韩江，南有海路，较方便也少转折。若行陆路，且不说西边的路，只说东北方的路，思古桥（洗马桥）就是必经的关隘。

我们先考察双旌岛的人烟吧。陈历明在《潮州笔架山龙窑探讨》写道："从笔架山瓷的外销观察，潮州在唐宣宗时（847—860），已有'波斯、古逻本国二舶顺风而至'。"又参照《广东唐宋窑址出土陶瓷》一文记载："西洋人头像残件。"由此可知，唐宋的笔架山瓷器已被外国人所熟知并广受青睐。而笔架山的土石牢固，是当时潮州的天然良港，是停泊国内外船舶的自然码头。再看北宋的吧。已发现的佛像刻文有"潮州水东窑甲弟子刘扶（死于1069年）同妻陈氏十五娘（娶于1066年）"。这是北宋初期双旌山的瓷器刻文。这就证明双旌山在晚唐、五代、北宋时的人烟颇为稠密。

东津桃坑（今东湖东面）于唐朝末年建村，当时这里的人家不足十户。至于卧石村（建于元末明初）、社光洋（建于明代）建村则更居后。那么后来这里大量的人口应该都是窑户窑工，因此后来的百窑村就兴旺繁荣起来了。

史书上的"鸭湖故郡"指的就是双旌岛。双旌又名幞头（幞头是普通人所戴的帽子，盛行于唐宋时期）石，其实是两块并连着的石头，石头有普通房子那么大，在笔架山主峰的西边，面对东湖。鸭湖（今东湖）在唐宋时是环境优美、胜景迭出的风景区。"在韩山后，四山环绕，一水澄泓，周围一百八十丈。有湖山亭、清暑水月二观。"考古工作者曾在韩山发现唐代的红砖和青砖，由此可见此地开发较早。

韩愈曾在他的文章中提及"孤岛"，然而这孤岛指的是哪一处，是笔架山，是西湖山，抑或是今开元寺这一带呢？笔者经过长期推敲认为应是笔架山。宋代的梅尧臣有诗《送胡都官知潮州》："更寻贤侯迹，书上揭阳楼。"贤侯是指韩愈，地点是笔架山的揭阳楼。吴颖在其主编的《潮州府志》写道：

“唐韩愈刺潮之日，尝建揭阳楼。《故图经》以为今之韩亭，即其地，是必有据。”吴氏是集大成者，其说法令人信服。但是后代的人们看到的已经不是揭阳楼，而是侍郎亭，原来侍郎亭是从揭阳楼的废墟上建立起来的。北宋初的潮州官员陈尧佐较早提及侍郎亭：“侍郎亭下草离离，春色相逢万事非。”家住东湖的刘允（绍圣四年进士）有诗：“惆怅昌黎去不还，小亭牢落古松间。月明夜静神游处，三十二峰江上山。”尤其是五代的多国混战，谁人还顾及文化、顾及小亭呢？小亭遭破坏是必然的结果。于是陈尧佐把韩愈的神位从笔架山迁往今百花台的孔庙一侧。这是宋朝重视文化、重视韩愈的开端。

双旌孤岛与黄田山被水域隔开，最狭窄的陆地距离是思古桥处。这里南北两陆地的距离，不足二百米，而思古桥则只有三十几米。可知思古桥是一条重要通道。吴颖《潮州府志》载：“思古桥俗名洗马桥，元泰定间建。”思古思古，似乎有一段更早的桥梁历史，但具体的资料却难以寻觅。我们先从交通方面来考虑吧。陈历明先生指出：“从原料供应考察，潮州瓷是靠笔架山东北方的飞天燕山的瓷土作原料。”飞天燕山与笔架山两地的交通要道就是思古桥，桥的北面不足一千米处即是飞天燕山的瓷土矿。从思古桥向北可进入江西，向东可通往福建长汀。史书有载，宋朝的“王十朋曾经饶平入潮”。这说的是王十朋离京都回潮州的陆地路线，想必亦要经过洗马桥。吴颖《潮州府志》：“大埔右达永定（福建），左达上杭（江西）。”近年来发现一则十分宝贵的资料，说的是在大埔的一条要道的石壁上有一段石刻文字，刻的是辟路的时间（唐玄宗天宝三年，距今1270年），“地点在梅潭河北岸古道”。此则资料，从时间和古道两方面考察，都是潮州极早、极宝贵的记载。

潮州与福建同属闽南方言区，生活习俗相近。明代郑国光曾说：“惠之五都，多漳人插居。”黄挺教授总结指出：“宋代，大批中原移民经过闽赣而落籍潮州。”究其原因是潮州与闽赣为比邻。福建、江西及潮州，自古有道路相往来，潮州盐运往江西多走此道。

唐末五代初期，以江西虔州为据点的卢光稠曾派他的弟弟卢光睦来攻打并占领潮州，陆军大概亦经过思古桥。吴颖《潮州府志》中有《卢光稠之变》一文：“五代卢光稠据虔州，遣其弟光睦攻潮州。光睦好勇轻进，谭全播策其必败，劝以持重，不听。（谭）乃设伏兵于归路。光睦果败走，潮人追之。全播伏发邀击，大败（潮兵），遂取潮州。”这个“潮兵”应是刘岩的部队。这就是说明潮州与江西地方相近且关系密切，不但有生活方面的交往（如盐），而且有军事方面的接触。明朝林熙春写道：“地虽通塞不一，犹逾汀（州）抵赣（江西），顺关而下，与南盐合。”可知这里不仅是运盐古道，亦是其他人员进出的古路。

所以，从地域上看，潮州与东北方的江西、福建相交通。从有关百窑村、瓷土与烧窑柴草（大量提供柴草的是北边的黄田山）等信息考察，这一切交往都要经过思古桥。可见，思古桥在晚唐、五代以及更晚一些的年代都是进出潮州的重要通道。

潮州话里古音多

潮州话（闽南语系）中多古音，因此有“活化石”的美誉。因为其古老且多为中原音，与普通话的区别较大。所以，若用普通话读《诗经》，则并不是很顺口。而如果用潮音读《诗经》，则既顺口又通畅，音韵和谐，十分优美。有些读过古书而能粗浅懂点平仄作对联的老人，虽然不懂普通话，但其撰作的对联却合乎平仄，错误极少，这就是得益于潮州话符合宋韵。潮州文化在宋代发展最快、最盛，南宋的王大宝中了榜眼，而中进士的人则更多了。所以陈尧佐说：“休嗟城邑住天荒，已得仙枝耀故乡。从此方舆载人物，海滨邹鲁是潮阳。”邹鲁的文化最发达，把潮州比喻为邹鲁，就是因为文化盛、经济好。

还是让我们看些文化例子吧。

（一）卜：裂纹

例：我们用沙锅煮食物，水不小心煮干了，突然“卜”地一声，沙锅卜裂了。

商及周时期，用火烧烤龟甲等硬物，产生了裂纹，称为卜。以卜纹来判别工作的凶吉，这就是我们所看到的甲骨文。《诗经·大雅·文王有声》曰：“考卜维王，宅是镐京。维龟正之，武王成之。”

“契”的另一写法“卨”，上为卜，下为龟甲之类，这是用火烤而出现的裂纹。

（二）“毛”音近“无”

此二音，潮州话音都是合口音，极近似。

《水经注》：“燕语言，毛、无音近。”燕是周初的召公封地，其音与中原音较接近。由此可知，潮音来源甚古。

（三）埒

“埒”，潮语有二个音：“阅”或“稿”。

清吴颖《潮州府志》载："越王走马埒在县北十里。南汉刘张祖安仁为潮州长史时所筑。"时间在唐代末年878年前后。走马埒是一个练兵场，用矮墙围隔。郦道元云："盖号、虢字相类，字转失实也。"于是我们知道潮州话中"埒"应读"稿"。民俗的稻稿（埒）头、麦稿（埒）头的称呼，是有根据的。

（四）洧

《水经注》写道："盖洧、复字类，音读变。"洧，潮音有无的"有"，与中原洛阳音相同。《水经注》也有："洧与之过沙，枝流派乱，互得通称。"

（五）唐

很多潮州人去国外谋生，成了华侨（人）。这些中国赤子称家乡为唐山。《水经注》有言："郎、唐音读近，实兼唐水之传。"潮州方言辨别此二字都很清晰。

（六）枝

潮语有称"水"为"枝"的，一般指水流少的水。此说法在口语中尚存在，书面语中已不多见。《水经注》有载："沙水自南枝分，北经……"

凤凰语中还有把一条蛇称为一枝蛇。这是潮州古语的遗存。

（七）蛤鼓

青蛙，潮州有时称田鸡，这是潮州话（闽南语）的真实存在。

凤凰人称青蛙为蛤鼓，因为它的嘴巴老是一鼓一鼓地动着（即一呼一吸）。越王与吴国作战，就是学青蛙的鼓足勇气、勇往直前的战法。

生于江淮的庄子，其井底之蛙的故事家喻户晓。可是有些人却不懂。如《诗经·小雅·何人斯》中的"为鬼为蜮，则不可得"。有些把"蜮"注释为"短狐"，因为它会含沙射影；清代末年有位大学问家把"短狐"改为"短弧"，把小动物改为器物，太不应该。其实，这"蜮"是青蛙的别称，因为地域不同而称呼有异。蜮（青蛙）是地上（域）的虫。青蛙若遇到敌人袭击，有危险要逃走时，就会对侵犯者射出"尿液"。许多小动物都有此本领，蝉亦如此。

（八）伊

潮州话中，还经常使用"伊"这个古老的人称代词，如"这是伊个"、

"伊这个人"。现在，"伊"已被"他"所代替。这个代词来自中原，十分古老。商代中期有一位大圣人叫伊尹，古文中常常能看见这个名字。《诗经·秦风·蒹葭》："所谓伊人，在水一方。"《诗经·郑风·溱洧》写男女两情相悦，其中有"维士与女，伊其相谑，赠之以勺药"，溱、洧两水都在河南，是中原的中心地段。

（九）在

这个字，潮州妇女们用得最多，尤其是在哄孩儿的时候。母亲拿一件新玩具给宝宝，常常说"雅在在！"或"在在！"如此，"在在"变成了形容词。这是"存在即是美"的哲学命题。若游水，人们则时常说"企得在"，意思是双脚可以着地，如此，则又是名词。两个例子用的都是古音"在"（知2）。潮音"现在"即用此音。

安史之乱时，唐玄宗逃至凤翔，写作皇上"行在"凤翔。在（多2）是今音，纯属潮州方言。

（十）奴仔

潮州方言的称谓中，以"奴仔"最为特别。"奴"来自奴隶，是地位最低的人群。双亲叫儿女为"仔"，是大小，是辈分。阿奴、阿仔，这是单独使用，"奴仔"结合在一起则非常特别，在古书中也未曾看见。古代在谦称时，男女都可称为"奴"，女子用得更多。"仔"的音为 zǐ，但潮音称为惊（惊5）。方言"仔"被广泛应用，似乎变成尾缀，如厝仔、船仔、竹仔、刀仔、锅仔、鞋仔等，都有小、少之意。

夏族鱼、虫——上古时代的变化观

今天的读者在研究古老的文字时，常常因文字被蒙上当今的时代色彩而引起误解，如“虫”字，其意义只有低劣的小毛虫一种解释，有点狭隘了吧？其实，上古时期，直至周朝，人们的发展变化观念很强烈。只有用这样的观念去认识古代社会及其文化遗存，才能认识清楚。古语有“禹生于石，契生于卵”，这是图腾崇拜，不能用现实论之。虫、鸟、鱼等动物都曾是原始社会的崇拜图腾。从现实看，虫的变化最特别，最受人们的喜爱。蚕虫，先民最熟悉其变化过程：虫变蛹、变蛾、变蝶。其产出物——丝，是美妙的纺织物，十分高贵。据记载，黄帝的妻子最先应用丝。而商朝的圣人伊尹与蚕桑有一个美丽而现实的故事，家喻户晓。考古已发现了雕刻物玉蚕。龙的原始物是鲔（鳝），古人设想它能变化，能上天入地，这个启发或来自桑蚕。鸟可在空中飞翔、地上行走，因此，商人设想燕子是其祖先，而乌鸦却是周人及许多西北部落的祖先（乌鸦能反哺，是孝鸟）。蝗虫能飞能跳，产卵多，曾是周人的崇拜物（见于《诗经》）。

伊尹曰：“夫三群之虫，水居者腥，肉獾者臊，草食者膻。”① 《吕氏春秋》把动物概括为三虫。其实，龙这种神圣之物，其原始是鳝，或称鲔。所以，虫在古时是了不起的物类。《吕氏春秋》记：“晋文公反国，介子推不肯受赏，自为赋诗曰：‘有龙于飞，周遍天下。五蛇从之，为之丞辅。龙反其乡，得其处所。四蛇从之，得其露雨。一蛇羞之，桥死于中野。’悬书公门，而伏于山下。”② 其比喻来源于历史现实，使人信服。孔子云：“龙食乎清而游乎清，螭食乎清而游乎浊，鱼食乎浊而游乎浊。今丘上不及龙，下不若鱼，丘其螭邪？”③ 龙的原物属虫类，螭亦虫，鱼亦虫，人亦虫，故有此比喻。倮虫精者曰圣人。众鱼跃龙门，上者为龙，不上者为虫，是大家都知道的例子。鱼与虫，在文字里的偏旁可以互相转换、通假。

---

① 吕不韦. 吕氏春秋. 长沙：岳麓书社，1994. 98.

② 吕不韦. 吕氏春秋. 长沙：岳麓书社，1994. 80.

③ 吕不韦. 吕氏春秋. 长沙：岳麓书社，1994. 181.

一

《淮南子》其文："后稷龙在建木西，其人死复苏，其中为鱼。"① 如此看来，鱼与夏族有关，与蜀地的开明王以及鳖灵故事基本相同。禹的父亲称鲧，与鱼沾亲，他死后入羽潭变成熊鳖。鱼是禹族的图腾。

据文字记载，被舜宠爱的人称为龙。在秦汉时期，龙才成为天子的代称。而文字"龙"最迟在商朝已产生。关于龙为天子的产生时间是清晰可查的，不能被其神秘性弄糊涂。

《吕氏春秋》写孟春要遵守："禁止伐木，无覆巢，无杀孩虫胎夭飞鸟。"② 意即不伤害腹中的幼小生命。而且又说"牺牲无用牝"③，即不要用母畜供祭祀，一切为了繁育生殖，增加财富。《明理》："凡生，非一气之化也；长，非一物之任也；成，非一形之功也。"④ 强调生、长，要二物才能最终完成。二物，即阴阳雌雄。

老虎被称为大虫，禹字是一条虫，周成王称自己是桃虫，凡此种种，令人匪夷所思。实际上是怎么样呢？黄帝的妻子嫘祖已懂得利用蚕丝制作衣服，懂得养蚕，认识了蚕变化的全过程。蚕虫变成飞蛾（可贵的是有翅能飞），飞蛾产卵又孵化成蚕虫。于是，人们亦想自己能变化。历史人物周成王所思所想的就是变化，希望越变越强大。《吕氏春秋》有言："周公旦抱少子而成之，故曰成王。"⑤ 依此看来，周成王少年时所受的教育是很正派，很有根基的。周族一些人的图腾崇拜是螽斯。周族的京都后来封给周公旦。《诗经·周南·螽斯》篇："螽斯羽，薨薨兮。宜尔子孙，绳绳兮。""羽"和"薨薨"，指的是虫能飞；"绳绳"则是子孙如绳索，这来源于结绳记事，记祖宗父子之事。《诗经·邶风·柏舟》有言："静言思之，不能奋飞。"此人想学鸟儿那样飞翔，但不能做到，因而哀叹。再看《诗经·豳风·东山》："鹳鸣于垤，妇叹于室。"漂流不定的战士自比为鹳鸟，取其到处征战就如鸟四处飞翔之意。

《穆天子传》里的西王母，注云："西王母如人，虎齿，蓬发戴胜，善啸。"⑥ 她以虎为图腾，故佩戴虎牙为饰品，并以虎皮为衣物、坐卧之物。由此看出她仍处于母系氏族社会。因为是一个族群，所以汉朝时的西王母继承人依旧年轻，不是西王母会变年轻，而是其崇拜的图腾不变。这是很有价值

① 刘安．淮南子．长沙：岳麓书社，1994．45.

② 吕不韦．吕氏春秋．长沙：岳麓书社，1994. 2.

③ 吕不韦．吕氏春秋．长沙：岳麓书社，1994．162.

④ 吕不韦．吕氏春秋．长沙：岳麓书社，1994．41.

⑤ 吕不韦．吕氏春秋．长沙：岳麓书社，1994. 163.

⑥ 郭璞注．山海经·穆天子传．长沙：岳麓书社，1992．225.

的图腾遗存。

流传于上古、写定于战国的《山海经·海内经》有言："洪水滔天，鲧窃帝之息壤以堙洪水，不待帝命。帝令祝融杀鲧于羽郊。"① "窃帝之土壤"实是盗窃帝的土地，即争夺其土地，所以鲧被帝处死。其一，"息壤"指能自行生息的土壤，如黄河口或河道里的沙土堆积一样，是变化着的土地。其二，鲧被杀死而又杀而不死。《开筮》曰："鲧死三岁，不腐，剖之以吴刀，化为黄龙也。"② 丁山先生按：吴刀来自吴国，吴国是周初才产生的国名，是周武王赐封给周伯的地。由此可知，鲧的故事写定于周代。这是传说，是想当然，把其推前则变成荒唐的笑话。《左传》："昔尧殛鲧于羽山，其神化为黄熊，以入于羽渊，实为夏郊，三代祀之。"③ 这是郑国郑子产说的。郑子产为人朴实可信。黄熊（鱼类）是夏族的图腾，故能变化。城这种建筑物，据说是鲧创造的。城是现实的，有一定的可信度。《淮南子》："昔共工与高辛争为帝，遂潜于渊。宗族残灭，继嗣绝祀。"④

《左传》："共工氏以水纪，故为水师而水名。"⑤ 共工氏属于夏族，夏族在周朝被视为仇敌，《左传》有"蛮夷猾夏，周祸也"⑥。

鲁文公二年（前625）写道："祀，国之大事也……故禹不先鲧，汤不先契，文、武不先不窋。"⑦ 即认同鲧、契、不窋为三族的祖先，子孙后代不能超其前。

《大戴礼记·曾子天圆》："毛虫之精者曰麟，羽虫之精者曰凤，介虫之精者曰龟，倮虫之精者曰圣人。"⑧《辞海》："虫，泛指动物。"⑨ 人是高级动物，倮虫、圣人，文字符号明确。大禹是倮虫，是圣人。

西汉初期成书的《淮南子》把"蝉"写作"鳣"。由此可知，虫与鱼可以互相转换通假。大禹是虫、是圣人，禹父是鱼、是小圣人，其道理可以成立。

二

来敏在其《本蜀论》写道："荆人鳖令死，其尸随水上，荆人求之不得，

---

① 郭璞注．山海经·穆天子传．长沙：岳麓书社，1992．186．

② 郭璞注．山海经·穆天子传．长沙：岳麓书社，1992.187.

③ 左丘明．左传．长沙：岳麓书社，1988．293．

④ 刘安．淮南子．长沙：岳麓书社，1994．5．

⑤ 左丘明．左传．长沙：岳麓书社，1994．322．

⑥ 左丘明．左传．长沙：岳麓书社，1994．

⑦ 左丘明．左传．长沙：岳麓书社，1994．95．

⑧ 戴德．大戴礼记．上海：上海辞书出版社，1979．2002．

⑨ 辞海编辑委员会．辞海．上海：上海辞书出版社，1979．2002．

令至汶山下，复生，起见遂。望帝者，杜宇也，从天下。女子朱利，自江源出，为宇妻，遂王于蜀，号曰望帝。望帝立以为相。时巫山峡而蜀水不流，帝使令凿巫峡通水，蜀得陆处……遂以国禅，号曰开明。”①《中国风俗》释：荆州的大鳖从井里出来，变成人，但即刻便死了。其尸体一直向上游浮去，漂到岷山又活了。被望帝赶跑的鬼怪在巫峡堆石断水，因此蜀地常闹水灾。鳖灵自告奋勇要去除妖怪，最后他得胜回令。于是望帝让他接任帝位，称为丛帝（开明氏）。而杜宇则变成了杜鹃鸟。这些故事虽然来源不同，但人物及内容却大体相同。三虫之鱼、鳖、鸟都能变成动物。《山海经·中山经》：“其中多三足鳖，枝尾……”② 又注：“三足鳖名能。”“能”音态。这就是上文的鳖灵，亦即鲧所化的熊。《山海经》：“鲧妻士敬，士敬子曰炎融，生驩头。驩头人面鸟喙有翼，食海中鱼，杖翼而行……”③ 由于年代久远，以及文字记录的差异，容易引起理解上的差异，但依旧可作参考。据说有人面蛇身的轩辕人（又有人面龙身），其实，都是图腾的遗存。江汉一带，其图腾大多与鱼、鳖（“能”音态）、蛇等有关，常常是以人头（人面）、鱼身等形象出现，如上文提到的石刻图像。最近考古学家在安阳挖掘出的玉雕鱼，就是可靠的例证。

如前述，《淮南子》中有：“后稷龙在建木西，其人死复苏，其中为鱼。”④其地约在今青海地方，多水地域。《山海经·海内西经》记载：“后稷之葬，山水环之。在氐人国西。”⑤ 如此看来，可以基本确定后稷的葬地，大概就是今青海西北边。禹入积石山，大概也在这一带，即黄河源头。2013 年，芦山地震震倒一座石碑，在废墟处出现了一块人面鱼身的刻石。这与鲧、鳖灵的传说相符合。夏的孔甲时，有人从黄河、汉水捕获两条龙鱼（鳝），后来雌龙死，厨子煮了让夏后吃。这是夏后与饮食之间难得的食谱资料。这些资料告诉我们，不要把龙神秘化。动物龙的记载最早就在这个时期。所以我们要知道，黄帝骑龙上天是后代人想象出来的故事，不能作为可信的资料。

《左传》：“赫赫楚国，而君临之，抚有蛮夷，奄征南海，以属诸夏……”⑥周代以后，楚与夏同属一片地域，所以难以区分。“成汤伐夏桀于章山，克之，斩耕厥前。耕既立，无首，走厥咎，乃降于巫山。”⑦ 商汤攻伐夏桀是历

---

① 郦道元．水经注．长沙：岳麓书社，1995．489．
② 郭璞注．山海经·穆天子传．长沙：岳麓书社，1992．103．
③ 郭璞注．山海经·穆天子传．长沙：岳麓书社，1992．162．
④ 刘安．淮南子．长沙：岳麓书社，1994．45．
⑤ 郭璞注．山海经·穆天子传．长沙：岳麓书社，1992．136．
⑥ 左丘明．左传．长沙：岳麓书社，1994．201．
⑦ 左丘明．左传．长沙：岳麓书社，1994．170．

史事实，资料确凿。作战过程中，夏桀的一员大将夏耕被砍掉了头颅，但他的躯体仍然站立着，后降落在巫山。事实上则是，夏耕的那队人马，逃亡至今四川的巫山一带，并定居下来。这节故事反映了夏商时期人们心目中人物互变、死而复生、死而为神的观念。

三

《穆天子传》卷五："……乃奏广乐，天子遗其灵鼓，乃化为黄蛇。"① 这又是一条有关变化的资料，可以互相参考。所以孔夫子言："见禾之三变也，滔滔然曰：'狐乡丘而死，我其首禾乎？'"② 禾为生活之根本，故死而向之。古代的先贤强调运动（即圆道），所谓圆道就是学习天体的运动变化，《吕氏春秋》曰："日夜一周，圆道也。"③ 又主张不运动就失败，凡事均如此。因此写道："物动则萌，萌而生，生而长，长而大，大而成，成乃衰，衰乃杀，杀乃藏，圆道也。"④ 这里指的是一切事物要以天体运动为学习对象，而人事亦处于变化之中。舜一徙成邑，再徙成都，三徙成国。这是由于舜的人品善而美，所以大家相信他、拥护他。因时变化者，贤主也。即我们现今常说的"与时俱进"是也。

《诗经·豳风·东山》："我徂东山，慆慆不归。我来自东，零雨其濛。果蠃之实，亦施于宇。伊威在室，蟏蛸在户。町畽鹿场，熠耀宵行。不可畏也，伊可怀也。"写战士的心态变化，极其深刻，没有深刻的人生经历，不但写不出，亦难以体会其中的心情。室内潮湿，蛛网遍布其间；室外野生动物乱行，如此荒凉，让人心寒痛苦，然而归来的战士却说"不可畏也，伊可怀也"。环境变化，心情如故，多么深刻。

《诗经·小雅·采薇》写"薇"发生变化的全过程。《采薇》中"薇亦作止"的"作"是才从土里生长出来；"薇亦柔止"的"柔"是小苗柔弱幼稚；"薇亦刚止"的"刚"是苗壮成长而强大。"薇"成长的三个阶段，是完整的生长变化过程。

"他山之石，可以攻玉。"这是我们所熟悉的古语，是说明变化的最佳例子。玉的产地甚多，而可"攻玉"的金刚石却只有昆仑山才有。从商妃妇好墓出土的玉石饰物多至几百件，最近从虢国的几座墓葬中出土的玉石也很多，由于玉石能代表权势高、国家富，所以统治者即奴隶主就攫取并占有它。商

---

① 郭璞注．穆天子传．北京：中华书局，1985. 29.
② 刘安．淮南子．长沙：岳麓书社，1994．143.
③ 吕不韦．吕氏春秋．长沙：岳麓书社，1994．2.
④ 吕不韦．吕氏春秋．长沙：岳麓书社，1994．20.

代、周代的统治者都占有大批精美的玉制品，汉代的金缕玉衣则代表了玉饰的高峰。浙江青田山、内蒙古乌蒙山等地的玉石开发都很早，雕刻的玉龙就是在此地被发现的。

《诗经·小雅·斯干》写梦，梦在此而意在彼，有一定的对应关系，充满了发展变化的观点，是对美好生活的向往与追求。周族人在渭水终南山定居下来，“筑室百堵……爰笑爰语。”因为居住安定，生活美满幸福，因而“乃寝乃兴，乃占我梦。吉梦维何？维熊维罴，维虺维蛇。大人占之，维熊维罴，男子之祥；维虺维蛇，女子之祥。”男子是强有力的人才，女子则活泼可敬。《诗经·小雅·无羊》则是另外一番情景：“牧人乃梦，众维鱼矣，旐维旟矣。大人占之，众维鱼矣，实维丰年。旐维旟矣，室家溱溱。”鱼表明生活资源丰盈，“旟”即旗表示家族人丁昌盛。这是普通人的理念——追求变化的生活憧憬。

四

其实，事物的变化都是有条件并有其前因后果的。《吕氏春秋》举例：“周鼎著饕餮，有首无身，食人未咽，害及其身，以言报更也。为不善亦然。”① 先写结果，后补原因。“有首无身”，被杀害；“食人未咽”，是害人。以言报应。用此言此事，告诉人们关于事物的变化。所谓善有善报，恶有恶报，不是不报，时候未到，时候一到，即报！

周族统治天下时，称长江及其南部的民族为南蛮，商代并没有这样的称谓。所谓蛮者，大概是弱小、愚钝，这是抬高自己贬低别人的思想观念。事实上，早在石器时代，南方东部就有稻、船、天圆地方的玉雕等，因而应把南方人称为心灵手巧，而不是愚昧的人！

① 吕不韦．吕氏春秋．长沙：岳麓书社，1994.41.

启蒙百科全书——《诗经》[①]

《诗经》在公元前500年已成书，即孔子生活的年代，孔子曾删诗定诗。奴隶主及其学士把诗分为4部分：①国风；②小雅；③大雅；④颂。与时俱进地说，可分为：①民歌（国风）；②中小官员之歌（小雅）；③奴隶主大官员之歌（大雅）；④鲁、商颂歌。如此一分，今人更容易学习理解。

《诗经》本来是一本启蒙书，然而被后代诸多封建卫道士弄得面目全非，成为他们进入贵族生活圈子的敲门砖。

有资料记述：孔子之时，周室微而礼乐废，诗、书缺……古者诗三千余篇，及至孔子，去其重，取可施于礼义，上采契、后稷，中述殷、周之盛，至幽、厉之缺……三百五篇，孔子皆弦歌之，以求合韶、武、雅、颂之音。由此看来，《诗经》初集诗时是三千余篇，后来删存至305篇。“去其重，取可施于礼义”就表明不只是删去了有重复且不合礼义的内容，而且还明显缩小了诗所涉及的内容范围。总数三千多首，可知其覆盖面之广，合乎百科全书、启蒙之书的道理。

一、认字

奴隶社会、封建社会的权贵子弟有老师、教科书以及授课场所，而庶民奴隶则没有这样的机会。《诗经》中的民歌则是庶民奴隶所有的，他们可以在劳动场所山野中对歌或自己抒唱，在抒唱中认识其形式，体会其句法篇章，而善于学习的人亦可从中认识一些简单浅显的字。所谓“熟读唐诗三百首，不会作诗亦会吟”。即使在今天，仍然有一些少数民族是通过对歌学会唱歌，并认识生活的，广西的刘三姐就是其中的佼佼者。

通过口头演唱，大众可以学得歌谣的形式及内容，在演唱中得到锻炼提高，增强组织能力，团结一致，提高参与社会的多方面的能力。

二、识物

一次，孔子的儿子从孔子的面前急匆匆地走过，即被孔子叫住。孔子问：

① 此篇作者为吴燕华、丁身伟。

“学诗乎？”答：“未也”。孔父教谕曰：“不学诗，无以言。学诗，多识花鸟草虫之名。”其子退而学诗。

这不是启蒙是什么？诗里有许多内容是日常所见的普通动植物。《诗经》的第一篇是《周南·关雎》，雎鸠即水鸟名，一雌一雄，用鸟比喻男子追慕淑女的言语、思念及行动。到了周朝，人们强调结婚要有父母之命、媒妁之言，婚姻要郑重其事，不能草率行事，不能像《鄘风·蝃蝀》所写那样自由择偶。“蝃蝀”即虹霓，意为天气暖和的春天，彩虹出现，燕子北归。这是两情相悦的男女相追逐的季节。

接着是《周南·葛覃》，“葛覃”是制作衣裳的原材料，盛夏时取自山野，煮而治之，再制成衣服。这是生活的必需品。

下一篇《周南·卷耳》，“采采卷耳”，采摘野菜，是饮食的重要来源，是生命的需要。《秦风·终南》篇中，终南山是西部偏东的大山脉，这是地理方位知识，古代的不少有名人物与此颇有关联。

“采葑采葑，首阳之东。”菜有地下根块，如萝卜之类。

“蔽笱在梁，其鱼鲂鳏。”鲂鳏是大鱼。工具、水梁、鱼类属生活的另一重要资料。

“取妻如之何？必告父母。”“析薪如之何？匪斧不克。取妻如之何？匪媒不得。”说的是社会关系、物质关系，又是指另一种生活。

《陈风·东门之池》：“东门之池，可以沤麻……东门之池，可以沤菅。”这是制作布料、制作薪料（使其容易燃火而供照明之用）的方法及其用途，明白易懂。

“墓门有棘，斧以斯之。”斯是析或破。周初的铁质斧，十分贵重，而质量却是一般。齐国的管仲曰：“恶金可铸农具。”《豳风·破斧》写道：“既破我斧，又缺我斨。”斨指木棍。斧可破，可知其铁之粗劣。铁在周代初期还十分稀少，因而铁器制作不精，质量粗劣。“斤斤计较”这个成语，现在是小气、不慷慨的意思。在古代，斧斤是高价值之物，计斤计两是很有必要的，不能用现代的观点去理解它。商朝有凿、辛（铁属）；“铁”的称号周朝才产生。所以诗有：“自彼成康，奄有四方，斤斤其明。”“斤斤”注：明之察也。此注很难理解，因为注者亦不甚了解“斤斤”的原义。其实“斤斤其明”的意思是其明有如斤斤，它的明亮有如新炼成的斧头。斤斤：斧头因其阔大而显得明亮有光辉。

《周南·螽斯》写男女相悦成家而生儿育女。这是昆虫崇拜的遗存，由诗而知古事，有一定的历史意义。

三、识理

《邶风·日月》云："日居月诸，出自东方。"一日一日地计算天数称日居，三十日加在一起则是月储。这是天文启蒙。

《秦风·黄鸟》写秦国以活人殉葬的残酷历史事件以及后人群起反对此殉葬恶俗的事情。"交交黄鸟，止于棘。谁从穆公？子车奄息。维此奄息，百夫之特。临其穴，惴惴其栗。彼苍者天，歼我良人。"活殉很残酷，后来终于被废除。

"取妻如之何？必告父母。""析薪如之何？匪斧不克。取妻如之何？匪媒不得。"周初，娶妻成家，虽已有父母之命、媒妁之言的观念，但还不是很成熟的习惯，还有些自由定亲的遗存风俗在流行，故有此教育和宣传，这是新旧交替的历史演变过程。

"我龟既厌，不我告犹。"龟卜不但在商朝大盛，在周朝亦照样使用。卜文是我国最早最集中的文字源头，它反映了古代的人文情况。

"东人之子，职劳不来。西人之子，粲粲衣服。舟人之子，熊罴是裘。私人之子，百僚是试。"从地理方位来认识等级的存在，发出不平的呼声。"西人"、"舟人"、"私人"都是指西周之人，他们悠闲享受，总觉高人一等。

四、识史

《诗经》写及历史最多的是夏禹治水。这是真实的历史，因其是社会大事，值得我国人民骄傲。

《鲁颂·閟宫》："奄有下土，缵禹之绪。"说的是后稷的后代周武王打败了商纣，统治了全国，继承统治了夏禹的九州大地的事。鲁国是周公旦的封地，因为他是周朝的宰相，地位显赫，所以有"颂"。

《商颂·长发》："濬哲维商，长发其祥。洪水芒芒，禹敷下土方。外大国是疆，幅陨既长。"又"天命多辟，设都于禹之绩。"这是《商颂》里的诗句。夏禹治水是信史，是关系华夏万千子民的真实大事，故而特别强调。

《大雅·文王有声》："丰水东注，维禹之绩。"由丰水而联系到大禹治水的丰功伟绩，顺乎自然、合乎道理。

华夏的种族斗争，最常提及的是中原与猃狁的斗争，即后来的汉朝与匈奴（猃狁）的长期争斗。

周族与商朝的冲突，诗歌里亦有所反映。《大雅·大明》："牧野洋洋……维师尚父，时维鹰扬，凉彼武王。肆伐大商，会朝清明。""牧野"是商周两军激战的地点，"尚父"是姜子牙——周军的大指挥官，"鹰扬"是指其斗志昂扬乘胜追击直至推翻商纣王朝。《小雅·六月》："猃狁孔炽，我是用急。王于出征，以匡王国。"猃狁凶猛，"侵镐及方，至于泾阳……薄伐猃狁，至于太原。文武吉甫，万邦为宪。"还有周朝攻伐楚国，"显允方叔，征伐猃狁，荆蛮来威。""赫赫宗周，褒姒灭之。"这是历史教科书常常介绍的历史大事，所以大家都知道。

周朝建国不久，唐地（今山西西部）的管、蔡诽谤周公旦想趁成王年幼夺权，而举兵叛逆朝廷。于是周公东征，经过三年时间，平定了叛乱。这是周朝的内部斗争在诗中的反映，主要诗篇有《豳风·东山》、《豳风·破斧》等。"我徂东山，慆慆不归……敦彼独宿，亦在车下。""既破我斧，又缺我斨。周公东征，四国是皇。"这件大事，《诗经》有歌咏，史书有记述，值得留意。

中原的征战不断，许多小国逐渐被周朝、齐、晋、楚等大国所侵占，所以，《诗经》中许多小国的地域逐渐模糊以致难以认知。这亦造成了学诗的难度。但是学诗，则可以形象地了争上古时期我国先民的生话及历史，意义十分深远。

评赵德《昌黎文录序》

昌黎公，圣人之徒欤！其文高出，与古之遗文不相上下。所履之道，则尧、舜、禹、汤、文、武、周、孔、孟轲、扬雄所授受服行之实也，固已不杂其传。由佛及聃，庄、扬之言不得干其思、入其文也。以是光于今，大于后。金石焦烁，斯文灿然。德行道学文庶几乎古。蓬茨中，手持目览，饥食渴饮，沛然满饱。顾非适诸圣人之域而谬志于此，将所以盗其影响。

僻处无备，得以所遇，次之为卷，私曰《文录》。实为师氏为请，益依归之所云。

韩愈来潮州之前，潮州已有三位小官吏，一位是秦济，为军事卫推官；另一位是赵德，为海阳县尉，是衙推官；还有一位是潮阳的史虚，是潮阳县尉。

其中，赵德写了一篇《昌黎文录序》，这是关于潮州的第一篇文章，也是第一篇论文，所以其文物价值甚高。现在所能看到的版本是在宋代编辑的，晚于赵编超过百年。本《昌黎文录序》写于唐元和十四年（819），开宗明义，评论韩愈是圣贤之士。赵氏眼力见识皆高，是唐代第一位评价韩愈的人。这评价与后来的历史发展、历代评价基本相符合，已超出潮州的小范围，而进入全国性的范畴，这是《昌黎文录序》这篇小序的价值。

韩愈文章的内容博大，可概括为文以载道。这“道”是正统之道，是站在拥护封建社会森严礼制上的“道”。西晋及南北朝时期，文化中的风花雪月、靡靡之音充斥其间。所以，虽有唐代贞观之治、开元盛世的文章，仍不能扫除靡靡之音。只有韩愈：“自东汉以来，道丧文弊，异端并起。历唐贞观、开元之盛，辅以房、杜、姚、宋而不能救。独韩文公起布衣，谈笑而麾之，天下靡然从公，复归于正，盖三百年于此矣。文起八代之衰，而道济天下之溺。”李翱评曰：“后进之士，其有志于古文者，莫不视公以为法。”（《韩昌黎集》）。宋代的陈知柔诗《读潮本韩集》：“大雅寥寥不复还，如公几得古人全。格高枯淡复志赋，意到浑沦原道篇。赵子遗编今复乱，欧公校本孰能传。古音祠矣尤难识，聊与磨铅一究研。”这里写及两个韩文版本，一为赵德的原编集子，已散佚，编目顺序也已杂乱；另及一个是宋代的欧阳修校本，只有编名，而没有实本。陈知柔的评价是“格高枯淡复志赋，意到浑沦原道篇”。

韩氏的文章，思想纯净，都是以封建正统思想入其文章。所以赵氏说：“则尧、舜、禹、汤、文、武、周、孔、孟轲、扬雄所授受服行之实也，固已不杂其传。”韩氏自谓：“非三代两汉之书不敢观。”赵德评得中肯：“光于今，大于后。金石焦烁，斯文灿然。”千百年后的今天证明他的预见是正确的。

序文里还提及韩氏刻苦学习、孜孜不倦的精神。韩氏少年丧父，依靠兄嫂生活。其兄来广任职，他亦同往。他虽然多次考进士而未中，但仍然不放弃，将近三十岁才考中为官。这种永不放弃的精神，不是每个人都能做到的。

序文的末尾，说明这些资料来自韩公，只是请赵氏编辑的。韩愈提拔赵德为县尉：“专勾当州学，以督生徒，兴恺悌之风。”于是我们可以知道，此《昌黎文录序》是授徒的功课本子。韩公又曰：“赵德秀才，沉雅专静，颇通经，有文章，能知先王之道。论说且排异端，而宗孔氏，可以为师矣。”韩公对赵氏的评价颇高，说赵氏为人沉静好学、懂历史、有文化，忠诚于周公、孔子之道。韩氏在其《别赵子》一诗中写道：“不谓小郭中，有子可与娱。心平而行高，两通《诗》与《书》。婆娑海水南，簸弄明月珠……海中诸山中，幽子颇不无……”

《昌黎文录序》是评论韩愈文章的第一本文集，许多人都是通过这部集子来接触学习韩文的，苏东坡就是学习韩文的一个例子，他也是唐宋八大家之一。宋代的大文学家欧阳修不但阅读而且拾掇此文集，遗憾的是全书已散佚而不知其排列顺序。

《昌黎文录序》大概是仓促编辑的缘故，只评述了韩文的内容，而对其形式却只字未提，是该序的一大遗憾。文章的谋篇布局没有定法，以切题中肯为主，韩文都能做到这一关键点，其行文气势备受称赞。皇甫湜最先评价韩文的形式：“韩吏部之文，如长江大注，千里一道，冲飙激浪，纡流不滞。”这个评价被众家所认同，后来评论者大都沿此思路加以铺陈扩充。其修辞主张，唯陈言之务去，是金科玉律。古人注重师承，拾人牙慧者比比皆是，其推陈出新的文化思想，值得称赞。

《舆地纪胜》：“人文郁郁，自韩公赵德而来。”潮州的文教，唐代先有常衮刺史的兴学，后有韩文公及赵德，尤其是赵氏的兴学。陈余庆在乾道七年记载：“文公以忠言直节，不容于朝，来刺是邦，首命赵德训导诸生。自唐迄今，文风滋盛。”他倡文编书，生于此、居于此，时间长、影响深远，后人岂可忘记？南宋初期郡守常祎《送举人》：“革去颓风靳选抡，翕然公论一时伸。

棘围共试三千士，海郡联飞二十人。”仅一次考试，就有二十人得中举人，盛况辉煌呀！北宋时，曾在湖山南岩读书的林从周、黄程两人皆得中进士，所以有赞曰：“已留文价在神京。”韩赵的文化影响很大。宋代的王安石称赞曰：“当复进赵子，诗书两持论。”因为韩愈在《别赵子》一诗中道：“心平而行高，两通《诗》与《书》。婆娑海水南，簸弄明月珠。”这首诗表明赵德不但懂文，而且懂诗，是一位全面发展的高尚人才。

《诗经》地址拾贝

一、商代的朝歌

今河南的黄河北边，淇水边。诗有《商颂》。黄河在朝歌的南边，在此转向东北出海。齐则在其东南。商族最先在商於之地，后来迁至唐（汤），最后迁至妹邦（后改名为朝歌）。安阳在其北，甲骨文出土处。

二、周朝

西都在今陕西的西南角，有泾水、渭水，先在岐山，后移至镐。平王东迁，把岐山等地封给秦族。东周迁都洛阳。战国时周朝名存实亡。洛阳处三水边。

三、诗卷第一

（一）周南

在岐山之阳，周公旦的采邑，与西都同地区。

（二）召南

召公奭的采邑。今岐山、天兴二县，略同于周南。

四、诗卷第二

邶

朝歌之北谓之邶。约在今山西的偏北地方，后有代、并（赵）的名称。其南部有漳水、汾水，山峦众多。

五、诗卷第三

（一）鄘

在今湖北省的西南地方，有十堰、神农架、上庸下庸、竹山竹水、丹水。鄘国工农并兴，文化与技艺都很发达。在公元前611年被楚、秦、晋等国瓜分而灭亡。后被错误地划入大地域——卫，故纷乱如麻。地处汉水之南及西岸的中段。

（二）卫

在河北、朝歌之东，淇水之北，百泉之南。原先是晋的管辖区，但因叛乱被杀，后该地人民因蔡叔叛乱而被流放到蔡水一带。所以，鄘在周武王得天下时属于卫的大管辖区。由于卫是周族的领头人物，于是，鄘国的民歌就不明不白地被划入卫。其实，鄘是独立国，其历史、文化、技艺都比卫古老、先进。因为鄘跟随周武王一起进军打败了商纣；卫地处汉水的源头而偏西南，大体在今神农架的东南，有竹山竹水，东有方城山。鄘国跨长江南北，或曰商於之地，古地名有上庸、下庸。

六、诗卷第四

（一）王

周平王迁居东都洛阳为王城，故曰王，其诗歌属国风而不是颂。地属河南省。这里有三川（黄河、伊水、洛河）。洛阳城为周公旦所营建，地处中央，为东周之都。地势低下，常因河水泛滥而被淹，常淹常建，累叠墙基，自古及今，十分典型。

（二）郑

旧郑在汉水源头的咸林地。平王东迁，郑武公护送，获得许、虢、桧等地，是为新郑，今为郑州，京广铁路经过此地。古新郑即今郑州，地处中原的中心。许、虢、桧在今郑州偏东南处，西边与鄘国相邻。

七、诗卷第五

（一）齐

古少昊所居。本青州之城。今山东，泰山东北至黄河、黄海。在黄河尾折向北出海处，后来向东南推进至今山东省地区。

（二）魏

本舜禹故都，在冀州（山西）雷首山之北，南枕河曲，北涉汾水。后因魏入侵晋而消亡。三家分晋时期的魏：在黄河的转弯处即河曲。

八、诗卷第六

（一）唐

本帝尧故都。太行山之西，太原之野。周虞为唐侯，后改为晋。土瘠民贫。

（二）秦

在雍州之域，近乌鼠山。昔为周地，至平王东迁，秦襄公出兵护送，封为诸侯，有岐丰之地。

九、诗卷第七

（一）陈

原为太皋伏羲氏之墟，在豫州（河南）之东。舜的后代周陶正专供周朝陶器，封于陈，都宛丘之侧。位于泰山的东南。

（二）桧

原高辛氏大正祝融之墟，河南之西北、荥波之南、溱洧之间。今处郑州。地点在新郑的西边偏北。

（三）曹

在兖州陶丘之北，雷夏菏泽之野。约在陈的东南方，有曹江。

十、诗卷第八

（一）豳

雍州岐山之北，公刘建国于豳。十世徙居岐山之阳。十三世武王天子建周朝。周公旦作此诗以教育年幼的成王。又附其他诗歌。岐山，今陕西西南方，有泾水、渭水（泾清渭浊即此）。

韩愈乘船来潮州

韩愈入潮是走陆路还是走水路的问题，学者探讨了一阵子就不了了之。笔者认为大约是“水陆参半”，他先走陆路后走水路。

唐朝京都在西北长安，潮州在岭东，相去八千里。这一路高山大川，令人一步三叹艰难。当唐朝全体官员、民众跟着皇上热火朝天地拜迎佛骨舍利子之时，韩愈却把一盆冷水骤然间泼向皇上发烧的头上，这怎能不叫皇上火冒三丈，而想给这狂妄之徒定以杀头罪？好在大臣们冒死相保，韩愈才被免除死罪，而被贬来这荒远的潮州，保住了老命。韩愈是被逐出长安的，如若迟疑怕要罪上加罪，怕要遭“金木诛”。所以他自己先乘马离京，家眷后来也遭逐。因而有：“一封朝奏九重天，夕贬潮阳路八千。欲为圣明除弊事，肯将衰朽惜残年。云横秦岭家何在，雪拥蓝关马不前。知汝远来应有意，好收吾骨瘴江边。”（《左迁至蓝关示侄孙湘》）韩愈这陆路一直走到洞庭湖的北边。

韩愈自小至老，一共来岭南三次，小时是跟随叔父韩会来今韶关地区生活；第二次是因为关中大旱，他上疏要求减税宽役，触怒皇帝而被贬为阳山县令；元和十四年又因谏迎佛骨，几乎被唐宪宗处死，幸得裴度、崔群等求情，才得免死罪而被贬潮州。被贬阳山时入岭南是在春暖气和之时，虽是“囚拘”仍有一点安慰：“南方二月半，春物亦已少。维舟山水间，晨坐听百鸟。”（《同冠峡》）韩愈来阳山坐船且经过洞庭湖，对我们理解来潮州亦坐船有所启示。同冠峡在阳山县西边，可知他的船是向东行驶进入阳山的，由于孩童时在阳山生活过，所以对这里较为熟悉。坐船入阳山，是韩愈对路途选择的结果。然而同冠峡以前的水路是如何走的呢？

元和十四年韩氏入潮，我们认为他自己先走陆路，后来才走水路。行文又要回到他离开长安时。因为韩愈是被逐出长安，且限时起程，事发突然，匆匆出发，所以他自己骑马走陆路。这在韩愈被贬一年后在长沙的悲痛祭小女挐一诗中记着：“去岁自刑部侍郎以罪贬潮州刺史，乘驿赴任。其后家亦谴逐。小女道死，殡于层峰驿旁山下。蒙恩回朝，过其墓，留题驿梁。”祭女一诗，明确地告诉了我们，他离开长安后，家眷亦遭遣逐。他先“乘驿赴任”，单身一人可以骑马，旅途可以省些时日。然而不幸的是：“其后家亦遣逐”，百口之家，有老有小，且有众多家什杂物等生活用品，乘船自当胜过坐马。又《绝句二章》有：“兼金那足比清文，百首相随愧使君。”这里再次提及他到潮州的家口人数。

“迎我出秦关，送我入楚泽。”（《路旁堠》）这是韩愈离开长安的第一站，第二站是商陵与邓州之间的曲河驿（《食曲河驿》），第三站是南阳“秦商邈既远，湖海浩将经。”（《赠别元十八协律六首》）其中寄给柳宗元的诗有：“峡山逢飓风，雷电助撞捽。乘潮簸扶胥，近岸指一发……屯门虽云高，亦映波浪没。”这些诗句道出了韩愈是乘船过长江，进洞庭湖而入峡山河流的。

韩愈有关洞庭湖诗歌的内容多数写于从阳山回郴州、江陵之时，此时因停留的时间较长，所以有心情写诗。至于被贬阳山、潮州经过洞庭湖时，却没有即景诗作留世，仅在别的诗里偶然提及入洞庭湖的情景。他要到江陵去任法曹参军，却逢天公不作美，狂风大作，于是在郴州避风七日后才上路。他两次经过洞庭湖均在十月，湖水水位较低，所以风浪较为平缓，危险较小，所以未直接用诗来抒发此时的心态。他在《岳阳楼别窦司直》追忆：“追思南渡时，鱼腹甘所葬。严程迫风帆，劈箭入高浪。颠沉在须臾……生还真可喜……”心绪杂乱，有泪也只往肚子里吞，而不敢有丝毫怨言。你看船如劈箭，湖水亦只有高浪而已。这是冬天在洞庭湖上的遭遇，可以说是有惊无险。韩愈来阳山时有诗句：“迭雪走商岭，飞波航洞庭。下险疑堕井，守官实拘囹。”（《答张彻》）这里直写渡洞庭湖，是十分宝贵的资料。湖中航行艰难程度只是小险——进入险阻之处，亦只写波浪忽高忽低，随波上下的情况，并非十分危险。另一诗作《寒食日出游》：“忆昔与君同贬官（君指张十一院长），夜渡洞庭看斗柄。岂料生还得一处，引袖拭泪悲且庆。”此诗忽忆与张十一院长同贬岭表时的情况，七百里洞庭湖浩瀚无边，所以夜里在湖中行船时只有看北斗星来定方位把握方向，否则方向一出差错，不但浪费时日，误了程期，还可能增添罪责且有生命之虞。冬天里的北斗星柄是朝向北边的。韩愈学识渊博，北斗星与季节的联系他是懂的。此诗写得平静镇定而没有丝毫遇风险的迹象，且有喜庆的字眼抒其心态。

裴行立在元和十二年出任桂林观察使，他在韩愈进入桂林时曾送别韩愈一程，韩氏诗云：“南裔多山海，道里屡纡直。风波无程期，所忧动不测，子行诚艰难，我去未穷极。”裴行立是在水路上送别韩愈的。桂林的府址在柳州，说明送别的地点是在柳州附近的水道，至于送别的起始地点则难以确认。而后船行至贞女峡，有诗记其事，且自注：“在连州桂阳县。”韩愈到了岭南界的乐昌时，有《题临泷寺》一诗记其行程，从中亦可觉察其心态：“不觉离家已五千，仍将衰病入泷船。”行程至此，里程及水路皆已点明。接着《泷史》一诗使读者对于韩氏走水路的情况不辨自明矣。上诗的五千里，这里的“下此三千里，有州始名潮”，合起来则是“夕贬潮阳路八千”的完整路途长度。

黄雨在注解中写道：“昌乐泷：武江由湖南流入广东乳源、乐昌一段。飞流激石，极为险恶，称为泷水。”韶州之后就是宣溪，韩愈有句：“韶州南去接宣溪。”（宣溪在曲江区南八十里）船行已更接近潮州，途中有《宿曾江口示侄孙湘二首》记其事：“三江灭无口，其谁识堐圻……暮宿投民村，高处水半扉……篙舟入其家，暝闻屋中唏。”曾江即今增城之江，三江即北江、东江、西江。

从长沙至韶关有水道可通行。《水经注》：“黄泠溪水，出郴县黄泠山，西南流合武溪水。”郴县即今郴州，在湖南郴州市，与韶关为邻。《寰宇记》：“卢水合武水处甚险，名曰新泷。”泷水在武江中游。《汉书》：“所谓浮牂柯，下离津，同会番禺，盖乘此水入越也。”这是距今两千多年的水道资料，很有参考价值。《广东新语》有：“西江之水，以牂柯之山为始。”上条资料提及漓江，此处是入韶关的关键交叉点。而西江之水，对于今天的读者来说是熟悉的。宋代的李纲被贬广西苍梧时是乘船：“经梧州，船沿泷江到德庆。”可见，梧州与泷江是有水道可相通的。唐宪宗元和十四年，韩愈由潮州量移袁州刺史赴任时，亦是乘船的，可以说是熟门熟道：“暂欲系船韶石下。”又如《自袁州还京行次安陆先寄随州周员外》走的亦是水路，且有“雨雪离江上，蒹葭出梦中”之句，更是直接点出舟行漓江，这是岭南、岭北的水路交叉转折点。

今之封开，元时叫封州，总督府就设在这里。封开在秦汉时叫广信，是当时岭南的政治经济中心。应劭说：“郁水（桂林）出广信，东入海。”郁水即西江。广信由于水陆交通较为方便，成了交通枢纽。交趾府治曾设于广信——封开。《地理志》：“浈水枝津衍注，自番禺东历增城县。”韩愈有《宿曾江示侄孙湘二首》一诗，与《地理志》就紧密地连在一起了。

胡曾（唐懿宗时人）“自大庾岭下乘船到清远峡”（黄雨言），这里走的是东江水路。翁方纲有诗句：“粤船北去闽船南，船船贩得潮州盐。”（《江涨歌》之三）这个交叉点就是三江交汇处，而且直接点出了船载的是潮州盐。翁氏又有《三水至清远江行五首》云：“始自西江上北江……微蓝禺峡山千点。”黄雨注：“禺峡，即清远峡。”清远县在县东三十里，有著名的飞来寺、广庆寺，唐宋时有许多名人来游此寺，并留下许多诗文记述其感受。从北江南下，即可自英德至清远。清代吴颖说：“古万川县即今清远，湖寮城也。隋置唐废。”

"东潮西惠"，即以今揭阳的三山国王界石为分界，版图清楚。韩愈《宿曾江口示侄孙湘二首》，写他从三江口进入清远峡的感受，其中云："舟行忘故道，屈曲高林间。林间无所有，奔流但潺潺。"他在清远峡中迷了路。吴颖在其《大埔水记》中写道："会诸涧水，合清远河，是为双龙。"又《梅溪小记》："梅溪源出龙川，合诸流于三河。"这就是今天的三河坝。再据林大春文，明代万历间，他为"潮州平远令"新修县志作序，说："矧平远本梅州裔土，界于江岭之间……建置为（潮）州左辅，寸天尺土皆入版图。"由此可知，平远是潮州府的一个属县。平远与清远山水相连。唐宋时，清远峡是南来北往的重要津口，因为北江流经清远。韩愈在《谢表》中写道："过海口、下恶水。涛泷壮猛，难计程期。飓风鳄鱼，患祸不测。"文中的"过海口"即"三江灭无口"的三江交汇处。"下恶水"则是今天的韩江，柳宗元曰："闽有水曰恶溪"。梅县与大埔交界处有蓬辣滩，是从增城（惠州属县）至潮州的必经水道。苏东坡来潮州复又归家的路上说："归舟蓬辣上。"吴颖《潮州府志》有吴复古送苏轼"至清远峡"。苏轼回惠州仍取逆水行舟的水路，可知水道比陆路更方便。《程乡水记》："蓬辣滩，涛浪震险，声闻数里，即韩京晒甲处……诸水皆会梅溪，合浪三河，绕郡城入于海。"所以用"涛泷壮猛"指蓬辣滩并不夸张。

韩愈来潮州的水路，始自洞庭湖，途经西江北江及三江口，由北江经清远峡而进入恶水至潮州。

附：

二〇〇八年九月份，广东省公布了东江水分配表，很有参考价值。

东江流域正常来水年水量分配表

（单位：亿立方米）

排名	地区	总分配水量	排名	地区	总分配水量
1	惠州	25.33	5	广州	13.62
2	东莞	20.95	6	香港	11.00
3	河源	17.36	7	韶关	1.22
4	深圳	16.63	8	梅州	0.26

“寒拾留响”初探

潮州近郊的意溪镇桂坑有一处名胜古迹叫“石庵”。这石庵在大黄田山的西北部半山坡上，其东边为“跌死马”（高危山路），其上为草南武，二十世纪五六十年代曾作为潮安县的战略大后方。石庵由几十块巨大的灰岗岩组成，相依重叠成庵。它从南朝北，面前是一道十几丈宽的山溪，满川的大小石块被流水冲刷得光滑溜亮，游人在此或坐或倚，或赤足踏清流或双手戽绿水，很是惬意。

石庵有几处摩崖古刻，曰：“最上岩”、“寒拾留响”，那是明朝末年（距今364年）的黄锦尚书留给我们潮州人民的宝贵历史财富。

“最上岩”容易理解，写的是这里优美的自然环境，旁边的小山坑有大小石块排列成串，构成奇特景观。可以把“最上岩”理解为最高（地势高），也可以理解为最美好的岩石奇景，还可以进一步理解为它是最适宜居住的石屋。环境清幽可以养情性，环境优雅可以去忧解愁，环境空旷可以读书、写诗文、写书法。黄尚书是诸方面的高手，所以自称“三达尊”——位尊、学尊、齿尊，当之无愧。他的书法结构严谨、运笔清朗而有骨力。饶平的圆形大围屋上“道韵楼”三个大字就是他写的。这三个字是他早期所书，笔力不如石庵岩刻上的字。岩刻上的字是他晚年所写，与仙田丁宦大宗祠及大门石刻对联笔法相同。大字硬朗有余，温润却略嫌不足。而小字比大字要好，即门联：

官纪太常五马清风余凤水
绩崇名宦千秋禋祀荐仙田

联字大如饭碗，刚健遒美，严谨而耐看，堪称炉火纯青之作（书时黄尚书已八十一高龄）。

石刻文“寒拾留响”，则颇难理解。一是它的组词成句（短语）较为特别，二是其内涵隐蔽难明。

黄锦何时在石庵？笔者认为在明末，即在李自成农民军占领北京之前黄锦已回潮安。李自成占领北京才几十天就被吴三桂带领清兵入关打败。而后，以福王为首的小明朝就在江南出现，黄锦再度出仕。不久，小明朝被消灭，黄氏就逃到石庵避难。

石庵在河内。河内汇合了文祠山水（东津内堤隔断河内之水，使其流过洗马桥黄金塘入北溪），所以常年多水。据老辈人讲，要进入河内非乘船不可。在这样的自然环境中，居留石庵实在不易，但这是一个较安全的避难场所。

“寒拾留响”的主旨是什么？寒者从经济上看则是贫寒，因为明灭亡，黄锦失去了俸禄（他又资助郝氏反清），贫寒可以成立。清寒是清高、清贫的意思，是从人格和气质上去理解的。不愿做清朝的官、不愿做屈膝的亡国奴，因此隐居山林自甘其苦，这就是清高。恶劣的清朝统治环境是破碎的，比寒更甚，不但寒而且凄惨。从社会政治上看，这是最重要的一层。“达则兼济天下，穷则独善其身。”这是儒家的传统美德及信条。隐居石庵，潺潺的流水、青翠的草木，使空气略显凄清，而冷清的环境亦是寒。柳宗元有言：“以其境过清，不可久居，乃记之而去。”柳氏是游山玩水，可舍之而去，但黄锦不能，一出山林则有遭清朝逮捕的危险。“拾”是拾掇、收拾之意。既是拾掇，则应是寒碎不完整的，指的是破碎的清朝统治下的山河。这刻文要碰上有心人才能被领悟，否则容易被世人所忽视。“寒拾留响”之所以几百年都未被诠释，原因就在于此。

留响者，留住响声也。生命到了一定年限会自然消亡。虎留皮、人留名，这是儒家入世的期望，是一种对社会负责任的人生信条。黄锦在朝廷为官时，曾经拒绝大宦官的提拔。宦官魏忠贤欲建生祠，要转锦为司业。黄锦笑曰：“吾安能以好官贻万世笑端乎？”若被魏忠贤提拔就是与魏氏同流合污，因此黄锦一口回绝了。因为从来没有人留下过“响声响音”，所以此处颇难理解。这么隐晦艰涩，可见表现的是难言之隐之痛，欲言还止吧？在此，我们似乎听到黄尚书话在咽喉那艰难的吞吐，好像在呜咽、在抽泣。他为明朝的灭亡而泣，为自己成了奴隶而泣。但是，他又心有不甘，挣扎着要伺机而起，拾掇回他的所失。这里要结合他晚年的举止来理解。明在甲申年（1644）被李自成推翻。后清兵入关，潮州在1646年陷落，于是他隐居石庵，但是伺机而发的心理动向却常存于心。福王1645年在福建建立了隆武小明朝，于是黄锦就离开石庵山林应召入朝，任吏部尚书，成了反清复明的主要人物。反清复明是当时汉人的最高理想、最高目的，即推翻清朝统治，恢复中华。小明朝虽然不成气候，但它符合汉人的思想要求。《先贤传》：“郝尚久反正，锦预其谋，倾家助饷。”参与举事的还有梁应龙、郭之奇等潮籍官员。为社会做好事就能留下好名声。“响声”就是好名声，即响当当的名声。

然而，小明朝是扶不上墙的一摊污泥。史书云：“永历帝在肇庆时，马吉祥等日纵酒酣歌，卿贰名省效之，中夜炬烛相望。”最后在清兵的打击追赶下，永历逃进缅甸，最终于清顺治十八年（1661）又被吴三桂擒捕。黄锦则又一次逃脱，回到荒无人烟的石庵避难。定下心来之后，他在巨石上刻下“最上岩”三字（刻于何年不明），一是用来表示隐居的决心，二是感谢大自然的恩赐使他有宽敞的石屋可居。黄锦第二次来石庵隐居时，他心想：我堂堂“三达尊”哪能就此默默无闻？不，我应对世人有所交代。但又不能直言以惹祸上身，因此就刻下“寒拾留响”来表达自己的心声。这四个字是黄锦对自己一生的评价总结。

最后，必须补上重要一笔。笔者因为对“寒拾留响”刻字的排列顺序及时间心存狐疑，于是在2006年12月前往求证。第一次去解决了四字的排列顺序问题。第二次去是为了彻底弄清楚刻字时间，但无功而返。然而，第二次去的时候，一名负责扶木梯（石上能勉强架梯，不稳固）的年轻人说了一句话留下一个悬念，他说：“那好像‘春’字”。然而当时笔者已精疲力竭，不愿想亦无精力想，于是搁至一旁。虽知回家后，笔者却深受“春”字的困扰，以致夜难成眠。抱着不要把问题拖到来年的念头，笔者在12月的最后一天，又冒着严寒搭乘摩托车去石庵。于是，又借木梯请那年轻人帮忙，在那个“春”字的上下刮磨去掉青苔、污垢，然后手抹、纸擦、口吹，终于有所收获：“永历庚寅”被艰难地解读出来（明末永历庚寅，即永历四年，清顺治七年，公元1650年）。

满腹经纶，善诗文能书法的黄锦尚书，一生有惊无险，自然而长寿地走完了83个春秋。

下　编

文字考释

“辛螫”考释

《诗经·周颂·小毖》有：“予其惩，而毖后患；莫予荓蜂，自求辛螫。”朱熹解释：“成王自言，予何所惩而谨后患乎？荓蜂而得辛螫……”此句对“荓蜂而辛螫”解释得不是很清楚。

“荓蜂”是使蜂，“荓，使也”。诗中“莫予荓蜂，自求辛螫”八个字的意思是不要使蜂辛螫自己。疑问来自“辛螫”。郑云《笺》：“徒自求辛苦毒螫之害耳。”此解释很一般，因为辛与苦是两种滋味。辛苦虽然合在一起，却未能从根本上解释和回答问题。

传说夏启封支子于莘，后为辛氏。《水经注》言：“汾阴郃阳，即此城也。故有莘邑矣，为太姒之国。”商朝的辛国不投降而被周朝所灭。历史上，商族、周族的先祖都娶了莘国女子为妻。

伊尹称莘老，他少时曾居住在莘地。商纣时有史臣辛甲，因“屡谏纣王不听，去而至周，为太史”。在周取得天下后，对于辛甲有所封赐：“周史辛甲所封邑也。”此封邑在今山西省的东边上党的长子城。这是最早生产铁器的地方。那时，史官用叫“辛”的铁笔来刻画甲骨文。

“辛”是一种铁器，其形状细长如铁钉之类。考古已发现，在河北的藁城和北京的平谷两地都发现了铁器。沈起炜的《中国历史大事年表》言：“河北藁城、北京市平谷县各有用陨铁制造的铁刃铜钺出土。时间约在盘庚以前或同时。”商的甲骨文就是用铁器（如“辛”）刻画的。“凿”字即用辛（辛上加木柄）打挖器皿（指金属物或木石）。“業”字是用辛劈木，是木匠的工作。

许慎释“辛”：“秋时万物成而熟，金刚味辛。辛痛即泣出，从一从䇂。䇂，辠也。辛，承庚象人股，凡辛之属皆从辛。”许慎对于“辛”的认识，其一是秋天万物皆熟，其二是辛味。许慎以植物解释“辛”，只因他未能认识“辛”为何物，故混乱不明。“从一从䇂。䇂，辠也。”“辛”是一物，不能分拆。“辛”是处罚罪犯的刑具、铁器。

《诗经·小雅·鱼藻》言：“鱼在在藻，有莘其尾。”朱熹《诗集传》：“莘，长貌。”这个例子有助于我们对“辛”的理解，即辛是细长的东西。辛是细长的铁器，如铁钉之类。铁器既坚硬又坚韧，不但能刻画龟甲兽骨而成甲骨文字，而且铁刀铜钺亦是大型武器，代表最高的权力。用它处罚人则是“皋”、“辜”，若辟（劈），则“辛”成了铁质刑具。用它劈木材则成为“新”：“亲”即辛劈在木上。后来又加刀具“斤”而成“新”，这是由于对“辛”的内涵不了解。辛垣即新垣，如魏的新垣衍。新劈开的木片（新劈之口）就是“新”。盛死人之木则是“櫬”（棺）。

《中华姓氏通鉴》认为：“丁是炎帝第五世祝融氏一支的族称。丁为金属锲子。丁的图腾由金属锲子和祝融氏的图腾火龙组成。祝融氏为火正，世代掌管‘铸融’，即金属冶炼，冶炼出的像丁字形的金属锲子有两种用途，一是用来做契刻的刀，也称为治，同时又是刑具，用来行刑的。作刑具时又写作‘辛’，同时还代表权杖。”引用这节文字，一切都明白了。

许慎的“辛痛即泣出”，“泣”字是从“辛”字的上部引出来的，这是一个很大的误解。然而“立”是头部，如笠字的立。“丁”字的甲骨文、金文写成口或■，汉代统一为“○”。这是头，如丁字的头，金属锲子的头部，钉子受锤打的顶端。《诗经·周南·兔罝》：“肃肃兔罝，椓之丁丁。”椓指敲击，即敲击它时发出丁丁的金属撞击声。《诗经·小雅·伐木》：“伐木丁丁。”“灭顶之灾”一语，可以加深我们对“丁”是头部的理解。

在金文中的许多含“辛”的字，一看就知道是小型利器。它与甲骨文的“辛”字是一脉相承的，变化极小。，这是甲骨文的“辛”字，尾端很尖利。

《鲁公钟》：辛作。（鲁，周公旦的国）

《作文辛彝》：辛作。

《父辛爵》：辛作。

《辛父鼎》：辛作。钉子细长的形状十分明显。这些金文中的“辛”字，尾端都很清晰，末尾的尖锐三角形说明其利器的作用，交代得十分明白。

《竹书纪年》：“（周）武王亲禽帝受辛于南单之台。”这则资料对“辛”字的理解十分有价值，但颇难理解。有些文章把“受辛”作为商纣的名字，这是不恰当的。应当理解为周武王擒商帝，帝在南单这个台被（即受）人用辛（即铁刀）砍头。

“皋”、“辜”都是表用铁器辛施刑的字。于是我们知道“自求辛螫”的“辛”字，是比喻蜂的刺，“刺”是名词，而“螫”则是动词。还是《辞源》解释得正确：“辛螫，毒虫以刺螫人。”“以刺”即用刺，“刺”是名词。

铁器辛，是施刑的工具，其造成的痛苦难以言状。上面的字例大都来自辛族的器皿，一个专门生产制作铁器的辛姓家族。由于专业性强，在那时又属高科技，可能是自家秘传。《子孙父辛彝》写作  凸现其上部圆顶，“子孙”则暗示其制作生产年代更晚，更能说明生产的特别质地。

用铁与用煤关系密切，周昭王、周穆王时有煤玉雕刻物（已发现西汉用煤冶铁），公元前 773 年，周太伯答郑桓公云：“先王以土与金、木、水、火杂而成百物。”这里可以推测，商末或周初，可能已能用土石冶炼成铁。由于铁器增多，铁，秦国最先使用的字，逐渐代替了辛，辛是铁就被人们遗忘了。前 685 年，齐国管仲说：“恶金（铁）可铸农具。”因此，后代人认为此时铁器已被广泛应用。

商卜文“不”字辨释

在本文这几条卜文里，“不”是柎，草桦房为“柎”。如果解释为否定词“不”，则不符合卜文的句子内涵。

卜文：贞戌不其乎？

徐中舒《甲骨文字典》释“戌”：“解字：象古兵器形，与戊、岁、越等皆斧钺之属，其形制并近。”① 这样解释虽然没有错误，但是本末颠倒了。例中几条卜文，都未涉及兵器，而是涉及植物的茂盛与否。

《说文解字》：“戌，灭也。九月阳气微，万物毕成，阳下入地也。五行土生于戊，盛于戌，从戊含一。”② 徐中舒判“不确”，但笔者同意许慎的评定。许慎从植物与五行，即时序和季节去理解，是正确的。且不说夏代的纪年，只谈商代。商代用甲乙纪年写卜文，确凿有据。《中国历史大事年表》：“周太史伯答郑桓公问，谓：‘先王以土与金、木、水、火杂，以成百物’。”③ 这是“五行说”的起始点。五行与地理方位关系密切，与农历甲乙亦关系密切。如东青龙、南朱雀、西白虎、北玄武等。所以，许慎的“阴阳植物说”比起“兵器说”在内容上更广泛且与民生也更有关联。我国的春生夏长秋收冬藏观念，就反映了我国植物的生长规律。

例1：贞黄尹蚩戌？释义：贞卜问：黄尹（即伊尹神）祸害农作物的（果实）使其下饱满吗？笔者把“戌”中的一短画理解为果实。这条卜文是问年成的。“戌”是九月，收获的时间。《淮南子》：“太阴（月）在戌，岁名曰阉茂。”④ 一年生长的植物，经历最茂盛的时期之后便枯死。《诗经·豳风·七月》：“十月获稻。”“十月纳禾稼。”古代的诗歌与记叙文相一致。

例2：贞戌不其乎？释义：贞卜问：柎萼枝叶茂盛果实饱满吗？“不”即柎或萼、“其”同萁叶、“戌”为饱满。这里的“不”千万不能理解为否定词，而要理解为名词“柎”或“萼”。柎是原义，而否定词则是其引申义。

---

① 徐中舒．甲骨文字典．成都：四川辞书出版社，2003．1607．

② 许慎．说文解字．北京：中华书局，1963．314．

③ 沈起炜．中国历史大事年表．上海：上海辞书出版社，1983．14．

④ 刘安．淮南子．长沙：岳麓书社，1994．34．

例3：贞告戊于上甲戌。释义：贞卜告祈于上甲神（祖甲）为（稼穑）的茂盛并结实（戌）。“上甲”是商族的祖宗神，祈求其保佑稼穑生长茂盛并结下饱满的果实。“戌”是十月的收获季节。“戊”通茂，指茂盛。《宋本广韵》：“二月卯，卯茂也。言阳气生而孳茂也……九月戌，戌灭也。谓时物皆衰灭也。十月亥，亥荄也，言阴气荄杀万物。”① 根据我国的对应星座来确立我国的时令及植物的生长规律，是正确的。许慎说：“五行土生于戊，盛于戌，从戊含一。”茂盛由此而得知。

例4：隹戌有作祸？释义：唯有果实，或唯发生祸害？“隹”通唯。卜问：是否有收获或有祸害？因为有“戌”字、这个表示果实的字，所以断定为祈求稼穑是否有收获。

例5：丁亥卜今不方其出。释义：现在柎才长出枝叶。今：现在；不：萼柎叶片。不，同柎、同萼。方：才、刚刚。其：通棋；意为发枝叶长出。此卜文，卜种植的种子能否吐芽长出。农种时代的初期，种子是否饱满有活力，只有种了才知晓。所以有此卜问。

① 宋本广韵. 北京：中国书店，1982. 279. 此本根据张氏泽存堂本影印。

“九”字何解

“九”字作为数字，大家都认识，但它是否还有别的意义？这是本文要探讨的。

徐中舒《甲骨文字典》：“九象曲钩之形。钩字古作句。罗振玉云其状正为圆环，下有物如蛇状，尾上曲为钩。句、九古音同，故句得借为九……”① “九”作为数字用得最多，而作为“勾”字用却很少。这里要讨论的是“勾”。

《甲骨文字典》言：“与金文句形近，疑可释‘句’。”② 《说文解字》：“句，曲也，从口，纠声。”③ 九是最大的阳数，最大亦是最高。九月份又称为“戌”，《宋本广韵》释：“戌者，灭也，谓时物皆衰灭。”④。可以这样认识，物老枯而死。我们把九、高、衰灭、枯视为同义词。老枝坚硬，可作木具刀使用，“耒”即是。故东方古文“宄”作“九又”，笔者认为外为盗内为宄。《说文解字》：“勾枝在上手在下”⑤，意为手拿长枝子盗勾别人家里的东西。部件九同为一物。

但勾或九的具体应用又如何呢？《诗经·郑风·清人》：“二矛重乔。”朱熹释：“矛之上句曰乔”。乔木、桥梁都有“乔”字，可以认识上勾。这与“尾上曲为钩”相同。

《历代名家篆书字典》：“九为丿乙”，笔者认为是一根弯曲的树枝。“旭”是太阳已升高之意。或者说太阳升上树梢。“乔”字最上一笔如九，其中的“乙”字笔画的尾巴变化更加多样。马王堆帛书的“桥”字其右边最上一笔如又（第二笔向下垂），像“九”字。

《金文字典》中“九”的写法与甲骨文写法大体相同。有的像手指、“像”又字。这里又涉及：丿。笔者认为是大枝上的小树枝，所以像手指，像

---

① 徐中舒．甲骨文字典．成都：四川辞书出版社，2003．1531．

② 徐中舒．甲骨文字典．成都：四川辞书出版社，2003．216．

③ 许慎．说文解字．北京：中华书局，1963．50．

④ 宋本广韵．北京：中国书店，1982．280．

⑤ 许慎．说文解字：北京：中华书局，1963．151．

“又”字。

九字那弯曲一笔为“乙”，甲骨文与金文基本相同。《甲骨文字典》中否定各家对“乙”的解释。不过，笔者却支持吴其昌所说：“谓乙象刀形，故乙义为刀，训为轧。”① 笔者认为此刀不是石刀，亦不是金属刀，而是粗如鸡蛋、长度小于1米的大树枝橛。其意义相当于“耒”，只是更光滑些而已。其普遍意义是1。一匹的“匹”，甲骨文为“仄”加1，匹夫、匹马、匹布……其意都是一。“匹”的金文是“厂”下加一弧画紧连上下成内角，后又加一画。“匹”字如房内有一个人（匹夫）、（一）匹马，意义都为一。《甲骨文字典》言：“宕，过也。一曰洞屋。”② 这石屋与匹近似，而“丿”为一，一匹马，后来延伸至一匹人、一匹布。《金文字典》中金属制造的“乙”字工具的开头变得更直而弯，一如轧的右边一笔。

《诗经·小雅·车辖》：“依彼平林，有集维鷮。”鷮为雉，其头有英、尾有长支毛，这一形象，与甲骨文“九”字近似，故以乔为鸟名。至于乔木为高大之木，道理相同。

《金文字典》有“乔”字，现代写作“骄”。邵钟：“乔乔其龙。”“乔”和“骄”通用。汉代才有“骄”字。乔的最上部是九，后来变成又，又是手，把手上举，位置最高，添上手指，与九相似。“轨”的九是车辙的痕迹，而“宄”的九是手是勾枝，如古文的九一样。乔是高木，九是其高处之枝，意义相当。桥，木横架坎穴之上即为桥，其意来自乔。《诗经·郑风·清人》：“二矛重乔。”注：矛之上句曰乔。此：一为高（上）；一为勾，形状如九字的树枝。这与金文相一致。

金文的“就”字，是在“京”的顶端加九，楷书把“九”移至“京”的右边同时变成“尤”字。“就近”一词，即接近高处之树枝之意。作为数字，九为最大即最高，意义相当。

---

① 徐中舒. 甲骨文字典. 成都：四川辞书出版社，2003. 1538.

② 徐中舒. 甲骨文字典. 成都：四川辞书出版社，2003. 809.

与时俱进的古文字——“燮”字考释

甲骨文中有“燮”字，以前的学者解释此字，只注意其引申义而忽略其原义。它的本义是烧烤、炼铁。如夕燮、辛伯、辛盘等，均用其本义。

“燮”字很特别，有必要加以考释。

《说文解字》写道：“燮：大熟也。从又持炎辛。辛者物熟味也。苏侠切。”①汉代的许慎是以战国时的“五行说”为根据，只注意其流而不注意其源，所以其释义并不完整。因为他没有见到甲骨文，只是以词释词，所以一知半解。“辛者物熟味也”，他指的是果实，也不恰当。物熟应该是动物肉被烤熟。

《辞海》中“燮”意为和理。燮友柔克。孔安国传：“燮，和也。”他的意思是调理、和理，特指辅助天子治理政事。这是将其引入政事，是引申义而非文字本来的义项。孔安国是汉代人，只知道引申义而不明白其本义。

徐中舒《甲骨文字典》：“从又持ㄗ辛从焱，当为燮之初文。”② 《说文解字》：“燮籀文作（从羊）……段玉裁……籀文燮之干应即刀之伪……金文作二火夹丅、下为又；另一为二火夹力（耜），与甲骨文略同。”③ 这里辨析的是几种“燮”字的不同写法，未析其义。“燮”上部中间从刀、旁加四个火、下为手（又）。火，由四个减少为三个、二个，中间的刀或写作辛、刀、羊。辛与刀、凿子、耜，都是表示铁的符号，最为重要。于是我们又发现，这是指冶炼铁。据说，商代已有铁。所以，商代甲骨文的辛、刀应是小铁器。但由于书写载体的变化，如甲骨、铭文等，并因年代久远发生变化而未能统一，故有些差异，但是火、手、刀则没有变，于是我们知道是冶铁。甲骨文的原字是“爕”，中间是刀，火中冶炼铁刀。

徐中舒《甲骨文字典》：“甲骨文的燮、爕一字。”④ 这里两字分明，已能详细分辨。从言的“燮”字，是从解释“和理”而引申出来的。

燮，籀文作爕，这是烤羊肉。《甲骨文字典》有言：“夕燮大爯”，这是大

① 许慎．说文解字．北京：中华书局，1963．210.

② 徐中舒．甲骨文字典．成都：四川辞书出版社，2003．284.

③ 许慎．说文解字．北京：中华书局，1963．64.

④ 徐中舒．甲骨文字典．成都：四川辞书出版社，2003．1136.

量的烧烤羊肉之类的活动，卜文中此类例子不少。《说文解字》：“爯，并举也。”① 徐中舒《甲骨文字典》认为“象以手提鱼之形……祭名，有登献品物之义。”② 烧烤行为比烧铁的行为更早。不用其他的工具即能烧烤动物肉、果子肉、薯类等食物。

铁块是无意中被发现的。考古发现，前14世纪的商代盘庚时，河北藁城和北京平谷两地有铁刃铜钺出土。山西多煤，有的煤因雷电作用而自燃。商代时有一块小陨石偶然掉到燃烧着的煤堆里，被一个姓辛或姓丁的人捡到，在划果子、划动物肉时认识到它的锋利及坚硬。后来它就被用来刻甲骨文，辛氏后来成了史伯。金文、甲骨文的“丁”字是一个小圆形或一个小方形。辛、丁两姓都是商朝的诸侯。金文中有一个“燮”字，是两火夹一粒钉子，显示铁器之难炼。时至前685年，管仲言：“恶金可铸农具”，近人认为这是铁工具已被广泛使用的证据。

《宋本广韵》有：炎又辛，热也。③ 这与冶炼的用法相近似。坩埚就是埋在煤炭火里燃烧加热的，所以“炎”、“辛”二字其中的火有的多至四个，这是把辛铁埋藏在火中冶炼的原意。两火中间为“辛”、下为“又”这个字，一般字典（包括《辞源》、《辞海》）没有收录，因为后来“冶”字代替了它。“热也”反映了冶铁的温度很高。只有“燮”字，形象变化颇大。

商代的甲骨文是用刀子刻的（最先或许用金刚石刻的）。商朝朝歌东方偏北的淇水附近有辛地，是以前发现铁和冶铁的地方。周朝建立后，这里封赠给辛伯（或写作史伯），他原来是商纣王的史官，因为纣王不听从大臣及他的劝谏，他就带着若干甲骨文片逃到周文王那里去。周文王封他为史伯，辛地就成了他的封地。《中国历史大事年表》：“河北藁城、北京市平谷县各有用陨铁制造的铁刃铜钺出土。”④ 时间约在盘庚以前或同时。又“剑始见于商末”时间约在盘庚前后（前14世纪）。从此以后，辛大都是铁质小刀。刻甲骨文当然亦用铁辛刀。

西汉的《淮南子》写道：“以火化金。”即用火冶金。没有猛烈的火焰是不可能从泥土或石头里冶炼出金铁来的。这就是甲骨文的“燮”字。《淮南子》又道：“炉橐埵坊设，非巧冶不能以冶金。”“橐”是鼓风机，埵是坩——冶金专用工具。

《辞海》有例：《书·洪范》燮友柔克：孔安国传：燮、和。又有：燮

① 许慎．说文解字．北京：中华书局，1963．83．

② 徐中舒．甲骨文字典．成都：四川辞书出版社，2003．444．

③ 宋本广韵．北京：中国书店，1982.522. 此本根据张氏泽存堂本影印。

④ 沈起伟．中国历史大事年表．上海：上海辞书出版社，1983．9．

理：和理。[1] 这是用变了形的“燮”字为根据的注释，不能作为证据。笔者在《诗经》中找到一例：“燮伐大商”。《诗集传》释为和。此“和”的解释来自孔安国。笔者认为不妥！此例最接近甲骨文，应用其原义，不能用引申义，应释为猛烈，即猛烈地攻打商朝。“笃生武王。保右命尔，燮伐大商。”又“维师尚父，时维鹰扬，凉彼武王。肆伐大商，会朝清明。”由例中的用字可知，“燮伐”犹如肆伐，即猛烈地伐！这符合周武王攻伐商纣的史实。

在甲骨文中，辛是铁、刀、耒耜的耜，铁制的耜。金文“燮卣”的“燮”字是“耜”的确凿证据。两火中间的是力、不是言。《诗经·周颂·小毖》是周成王写的，时间接近商代，有“自求辛螫”，这里的“辛”是指蜂的毒针，如铁辛的针刺。这是单独使用“辛”的例子，极少见，对我们理解铁辛的意义比较大。朱熹照搬“辛螫”而未作解释，因为他不知道蜂刺，也不知道是借用“铁辛”的“辛”来比拟蜂刺的。

甲骨文中有两例。“癸亥卜兄贞旬亡……夕燮大爯……”这是祭拜活动。夕：傍晚。燮：烧烤羊肉之类的大举祭活动。另一例更典型：“癸亥卜史贞旬亡祸，一日象，甲子夕燮大爯，至于……”对于“象”字，徐中舒未作解释。笔者认为应该理解为用一天的时间杀象并分解象，晚上甲子时烧烤象，并以象作为祭品、举行大型祭拜活动。（“象”：象的头上有类乎“八”的符号，是分解、杀戮之意。其他甲骨文中“象”字均无八这符号。）《甲骨文字典》：“陈牲以祭祀。”例：“乙未……缺贞……其侑豸。”[2] 意为以豸助祭。这与“夕燮大爯”的举动相当。所以，两火中间是“羊”而不是“干”。如果解释为干，则使人无法理解亦不通顺。如此，则是烧烤羊为祭品。在此要了解“八”的意义。《说文解字》：“八，別也。象分別相背之形。凡八之属皆从八。”[3] 又如：徐中舒疑为祭祀活动。《说文解字》：“之日不魚六月。”（此日不杀鱼、六月）又“戊寅卜出贞今日。魚血酉。”（……杀鱼，双手持酉接鱼血）又“己巳卜大贞翌辛未。魚血酉。”（……辛未杀鱼、双手持酉接鱼血）又“……一日。甲子夕火，大爯至于……”[4] 徐中舒释为：“疑为灾祸之义。”笔者认为应理解为“一日大杀象，晚上甲子时大举祭祀，至于……”虽然，杀与灾祸有相关之处，但在该条甲骨文中，是烧烤象肉作为祭祀之用，目的是祈求各种好处。以上两例都是烧烤动物作为祭品的例子，“燮”字的烧烤义项十分清晰。

---

① 辞海编辑委员会．辞海．上海：上海辞书出版社，1979. 486.

② 徐中舒．甲骨文字典．成都．四川辞书出版社，2003. 1056.

③ 许慎．说文解字．北京：中华书局，1963. 28.

④ 许慎．说文解字．北京：中华书局，1963. 74.

《诗经·周颂·我将》："我将我享，维羊维牛，维天其右之。"此句可以理解为烧烤牛、羊为祭品，而后大家又食此祚肉。故"干"是羊。据说这是周公旦所定的诗，时间在周朝初年，更接近甲骨文。

"薛"字最初是刑具刀，亦是被处刑罚的人的代号，相当于后代的"涅"。《甲骨文字典》对"薛"字写道："从辛从𠂤。说文作嬖，治也。辛为施黥之刑具，引申之自可表罪义，故说文从辛，𠂤声之说未为无据。"① 徐中舒释义：读为蘖，为凶咎之义。本文只用它的从辛，即铁刀子称为辛。薛姓的出现比盘庚为后，已有铁辛，它又有施治之义。

引徐中舒《甲骨文字典》："郭沫若谓辛象古之奇屈形，即曲刀，乃施黥之刑邪具，铁质的刀。"② 于是我们知道，"薛"字就这样与铁刀辛有了关联。

《诗经·大雅·召旻》："昔先王受命，有如召公，日辟国百里。"辟：开，即开拓国土，都是用武力夺取。这与"截"同义。武器用铁质如辛之类。召公与周公旦同为周初之人物，坚硬的铁器还是珍稀之物！《诗经·大雅·江汉》："江汉之浒，王命召虎，式辟四方，彻我疆土。"开拓辟地要用辛铁武器。

宰，屠宰的场所。《说文解字》："宰，罪人在屋下执事者。从宀从辛，辛，罪也。"③ 所谓"屋下执事"意为屠宰动物（供食用）。辛，是铁刀子。宰，不一定是罪人，许多是奴隶。约公元前16世纪，伊尹是凭屠艺、烹艺而亲近商王汤，后来成为其师、其宰相，死后成为商代的圣人，受祭拜。《精编金石大字典》中收集近20个"辛"字，不少凸显下端的尖利，如鲁公钟辛是重叠的两个锐角三角形，更能直观地看出"辛"是利器。

《说文解字》："辠：罪也。从辛。"④ 这就是用辛刀处罚罪人。

《精编金石大字典》：辟：以辛刀处罚罪人。虢叔大林钟的"辟"字，辛旁甚大，指占主要位置、操主动权者。此即手提武器"辛"以显示其权威。

"燮"先为烧烤，后为冶铁。"辛"为铁器小刀具，十分珍贵。燮理、和理，周朝才使用，是引申义而不是本义。"燮"引入政事，是奴隶主权势者所为，以和理之义为主，而冶炼之义则被泯灭。

---

① 徐中舒. 甲骨文字典. 成都：四川辞书出版社，2003. 1563.

② 徐中舒. 甲骨文字典. 成都：四川辞书出版社，2003. 1561.

③ 许慎. 说文解字. 北京：中华书局，1963.

④ 许慎. 说文解字. 北京：中华书局，1963. 309.

“有截”辨析

韩山师范学院学报 2012 年第 1 期《诗骚辅弼　语言津梁：读〈诗经〉〈楚辞〉被释及其他》有对《诗经·大雅·常武》：“截彼淮浦”的论述。作者根据《诗经》叠音形容词（AA），可以缩成单音再加上一个虚词，成为“有 A”、“A 彼”、“A 其”的语法规律，从而指出“宛”、“题”、“截”在“彼”之前，应该是叠音形容词的变体，从而得出“宛”应该是形容鸟鸣之声，“题”当为安飞之貌，“截”当为高峻之貌，便彻底纠正了旧说的错误。

其引文中的解释，不敢苟同之处不少，今试论证之。

释义释词，强调的是其语境。假如用语法（引进来的语法）就能理解并读通古文，那真是太好了，既省时又省力。其实在古文献中，不少字的解释还存在问题，两三千年前的《诗经》，用外国的拼音文字语法，就规范得了吗？笔者虽然粗学了一点语法，但也是解决不了的。许慎的《说文解字》还有不少差错，要用甲骨文来校正。如“构”，诗句中没有木旁，本是遇见、相恋，更恰当地说是交媾。《诗经·鄘风·墙有茨》有“中冓之言，不可道也”。可是朱熹释为：舍之交积材木也。用此解诗，至老死亦解不通！

“宛”、“题”两字是描写飞鸟，而“截”是描述战争的结果，内容相差甚远，难以概括。在《诗经》里，这是一句熟语。笔者粗略地检阅了一部分（小雅中最多），已有三十多句，问题不在那四字句，亦不在乎相同的“彼”，而在乎其他三个字的义项。

“宛彼鸣鸠”，朱熹释：宛，小貌。宛然之小鸟。上面引文：宛宜为鸟鸣之声。笔者认为“宛”是鸠的头，圆而小。诗中“菀”字出现的次数也不少，特指柳。柳树的枝条不但柔软，而且头尾粗细一样，不用加工就可编成箩筐，这就是“菀”。古人对动植物很熟悉，如斑鸠。天将下雨时，斑鸠鸣声急切，俗称为水鹁鸪。陆游：“正厌鸠呼雨，俄闻鹊噪晴。”方言曰：“蜀谓鸠拙鸟，不善营巢，取鸟巢居之，虽拙而安处也。”成语有“鸠拙而安”。而古代指古稀老人常用“鸠杖”。《诗经·小雅·小宛》一诗，主旨就是倡导儿子要俸养父母。况且，句中已有鸣鸠，再把“宛”释作鸣，似有重复之嫌，并且鸠的鸣声四韵不悦耳，所以若把“宛”释作鸣声，不妥。

“题彼鹡鸰”，上面引文：“题”当训为安飞之貌。朱氏释“题”为“视也”根据什么得出这个释义，难以捉摸。

甲骨文、金文都没有“啼”字。“题”原字为“额”。《宋本广韵》中有“题”、“鶗”，又音“啼”。

多处石刻文，有题名榜。这“题”可释为刻、写、签，稍远一点可为“命”、“点”、“叫”。若与鸟结合则可释为叫、啼。所以，“题彼”的“题”应释为啼。啼鸣着的鹡鸰（名词）。“题彼鹡鸰，载飞载鸣。”鹡鸰生活在水边，经常在沙地觅食。它飞翔时还啼鸣着。其实，它在走路寻食时亦点头摇尾地啼叫着，不是飞时才啼鸣。这“载飞载鸣”是互文。《诗经》里写鹡鸰的不只一两篇。《诗经·小雅·常棣》：“鹡鸰在原，兄弟急难。每有良朋，况也永叹。”鹡鸰有急难之意，这是我们从它不间断地啼鸣而想象其如人有急难之意。如此情态，哪能安飞啊！

“截彼淮浦”意又如何呢？“截”当理解为高峻之貌。“截”字从商代甲骨文到现在，其主要义项是截取、截获，三千多年来一脉相承。在近代史中，我国常常被外国侵略而遭割地赔款。大家都知道，这割地就是土地被别国截取（名为租借）。

事例是释义解文最好的注释，《诗经·商颂·长发》：“相土烈烈，海外有截。”朱熹释：截，整齐也。笔者认为“截”字在此，不能释为整齐，而应当释为截取土地。又例：“苞有三蘖，莫遂莫达，九有有截。”说的是商朝至此已获取夏代的九州土地。又例：“有截其所，汤孙之绪。”这是商王“奋伐荆楚”而获取、割取荆楚的土地。在此，“截”字共出现三次，虽然地方不同，但截取土地的打仗手段相同。《甲骨文字典》：“甲骨文𢦏，皆为兵灾之意……析言之则兵灾为𢦏。”[①]《说文解字》：𢦏，伤也。从戈，才声。“戴”这个字很特别，是古老卫国的战神，其主要特征即是戈，“异”则是尸主卫文公。

文字的传承性很强，已有三千多年的历史，如果用拼音符号的语法一下子就加以否定，不但音义变，恐怕连文献都要变，这是行不通的！

① 徐中舒．甲骨文字典．成都：四川辞书出版社，2003．1362．

“鳏”字的真正意蕴

商代的卜文有“眔”字，徐中舒《甲骨文字典》：“从四从⺌，字形与眔近，疑为四小之异构。疑同眔。”①

《甲骨文字典》：眔，“象目垂涕之形，郭沫若谓当系涕之古字，其说可从。”② 卜辞借为与及之义，《说文解字》：“眔，目相及也。从目，隶省……臮，众与词也。”③ 例：父己眔父庚饮。怎么理解呢？笔者认为“父己”、“眔父庚”（一起）饮酒。这里的“眔”是“鳏”，而“鳏”的身份为奴隶。“眔”不能释为与。“众与词”则是引申义。卜文有鳏入。词典无解。今试解之。如果按照落泪解，则是（鳏）流着泪进入。于事于理都不可理解。应为鳏（流汗的奴隶）进入。

《甲骨文字典》：眔，从字形与鳏近疑为……之异体。④ 释义：疑同眔。

例1：贞眔壳其有祸。应该是奴隶眔壳其有祸。“眔”是人名，不能释与。

例2：庚爽（目目）……其眔饮。徐中舒释“眔”为祭名，不当。应为奴隶之名。

例3：叀戍马乎眔往。徐中舒释“眔”为人名，正确。

例4．惠西眔南不每。例中的“眔南”，是奴隶之名。

把商卜文与周代的金文联系在一起加以比较，更容易认识“鳏”字的原来意义。郭沫若释“眔”为“涕”的古字，可备一说，可以为引申义，但也不是中肯的解释。

商纣后期有个称为辛（史）的史官带着一些文献逃到周文王那里，所以，商周的文字是前后相传承的。鳏，其普遍意义是奴隶，在下层劳动的是奴隶，上层的奴隶是站着的奴隶主。鳏，眼睛朝下望着土地，眼睛对着土地代表着劳动，主要是农业劳动。其目下的四小点是汗水，汗流浃背。周代金文在目下加一竖笔，意为奴隶的身体、旁加点为汗水。后来，加上鱼旁成为“鳏”，

---

① 徐中舒．甲骨文字典．成都：四川辞书出版社，2003．368．

② 徐中舒．甲骨文字典．成都：四川辞书出版社，2003．363．

③ 许慎．说文解字．北京：中华书局，1963．367．

④ 徐中舒．甲骨文字典．成都：四川辞书出版社，2003．368．

其意义与没有加鱼旁相当。《甲骨文字典》中有几例：例1：取四丨干馘手。这是拿着棒子（武器）然而已被打败了的奴隶，是否要把其头砍下来？“四丨干”，徐中舒释为盱，不当。例2：庚辰卜即贞王宾兄庚、U鳏、岁无尤。是否这样断句：U鳏即鳏奉献，收成没有祸害。意为王带领奴隶向其叫庚的亡兄奉献祭拜、祈求今岁作物不会被祸害。例3：贞令望乘鳏二……意为骑乘人是二奴隶。例4：乙未贞乎虢鳏曼。鳏为奴隶。称为曼的奴隶剥晒虎皮。例5：贞令多子族从犬鳏亩蜀协王事。其中的从犬、鳏为奴隶。协助王事是好事，“鳏”不应释为流涕，而应该释为奴隶。例6：乙亥贞烄燎于？雨！用烧奴隶祭天求雨，用字是“交”，不是“鳏”。这是“鳏”与“交”在用法上的差异。例7：从罘。从四、四点，从UL（L在中间），所会意不明。释义：国族名。应弄明白，UL是什么？笔者认为是足，足趾向内，下为“入”，则是奴隶劳动后回来进入屋内。如此理解则意义明确，可以解释矣。

《精编金石大字典》：罘。鳏。金文在目下添一竖笔，说明其视为人，而不是泪。此人是眼睛望地而劳动的奴隶（臣）。

鲁昭公七年（前525）：“故王臣公，公臣大夫，大夫臣士，士臣皁，皁臣舆，舆臣隶，隶臣僚，僚臣仆，仆臣台，马有圉，牛有牧，以待百事。”此节文字虽然产生的时间较晚，但颇完整，对于理解“臣”字很有帮助。这里一共有九等，还有不列等的圉、牧。

《甲骨文字典》中郭沫若言：以一目代表一人，人首下俯时则横目形为竖目形，故以竖目形象屈服之臣仆奴隶。笔者同意郭沫若的解释，作为臣的奴隶，大家都认同。

鲁襄公十一年（前562）：“季武子作三军、三分公室……孟氏使半为臣（一半为奴隶）。叔孙氏使尽为臣。” （《中国历史大事年表》）。引文中的“臣”即奴隶。

朱熹注释《诗经·卫风·有狐》，其中有：“有寡妇见鳏夫而欲嫁之。”①这里，朱熹引入无妻子的“鳏夫”一词，可帮助我们思考。

《甲骨文字典》：“皆用豚，鳏羊。”②“鳏羊”的意思是指脱了毛的公羊，供祭祀。

《甲骨文字典》又言：“庚午卜，缺员令登鳏彘……”③。这里的“鳏彘”是指刨了毛的猪，供祭拜（登）之用。

最先，“鳏夫”一词用在舜的名下。《史记》：“众皆言于尧曰：有矜在民

---

① 朱熹注．诗集传．长沙：岳麓书社，1989．47．

② 徐中舒．甲骨文字典．成都：四川辞书出版社，2003．1059．

③ 徐中舒．甲骨文字典．成都：四川辞书出版社，2003．1058．

间，曰虞舜……于是尧妻之二女，观其德于二女。”[①] 孔安国曰：无妻曰矜。古顽反。

再看《楚辞章句》，按《书》云：有鳏在下曰虞舜。[②] 于是我们知道“矜”、“鳏”音义皆相同。

从商卜文至《诗经》，“鳏”、“矜”书写虽有异，但音义一脉传承，所以释为劳动奴隶更可理解。

《诗经·卫风·有狐》：“有狐绥绥，在彼淇梁。”朱熹解释道：“国乱民散，丧其妃耦，有寡妇见鳏夫而欲嫁之，故托言有狐独行，而忧其无裳也。”[③] 在此，又是“鳏夫”一词的具体运用。

在金文《毛公鼎》里，“鳏”字已添加了“鱼”，“鱼”的位置在下方。周的史官是从商纣那儿逃到周朝的，所以文字脉络相同。“鱼”在此代表女子，“鳏夫”即没有娶妻的男性。金文之后，“鳏”字则已定形化，延续至今。

《诗经·卫风·有狐》：“有狐绥绥，在彼淇梁。心之忧矣，之子无裳。”其后面二章，只变更添上：无带、无服。人与衣服裳带，才有必然的联系。鳏夫虽然是在最下层劳动的奴隶，但他们也是人，因而需要衣裳。

《诗经·郑风·出其东门》：“出其东门，有女如云……缟衣綦巾，聊乐我员。”“……缟衣茹藘，聊可与娱。”此诗写男主角见女子而想与其结合成家，托“缟衣”喻其所喜欢的女子。人与衣裳的关系一如夫妻的关系，此又一例子。

《诗经·周南·关雎》有句：“求之不得，寤寐思服”。朱熹释：“服，犹怀也。”[④] 笔者认为不是很准确。“服”为名词，指衣服，借代淑女。男子追求淑女而不可得，因此只能想她，借“服”喻她。民间也有所谓“女人如衣服，兄弟如手足”的比喻。《诗经·卫风·有狐》写道：“心之忧矣，之子无裳。”“心之忧矣，之子无带。”“心之忧矣，之子无服。”所谓鳏夫是指他单身一人，这有如“无裳”、“无带”、“无服”，衣服有如人的皮毛，这亦如未有妻室之单身汉。

---

① 司马迁．史记．北京：中华书局，1982．21.

② 王逸．楚辞章句．长沙：岳麓书社，1989．20.

③ 朱熹注．诗集传．长沙：岳麓书社，1989．47.

④ 朱熹注．诗集传．长沙：岳麓书社，1989．2.

商卜文“隻”字考释

商卜文的“豕”字，至今尚无定论。《说文解字》：“亥为豕”。商承祚、吴其昌皆承此说。商承祚认为古时的“豕”、“亥”是同一个字。吴其昌说“亥”字原始之初应为“豕”之象形。然而从甲骨文去看，“豕”、“亥”二字字形颇不相类，其初当不是一字。《甲骨文字典》中有：“郭沫若……其说于字形不能契合。按《说文解字》说解不可从。”①

《春秋传》曰：“亥有二首六身。”本来“亠”是上方，不是“二”。在此，笔者将错就错，根据“二”是商族来源的传说来推断。玄鸟遗下二卵，这是从天而降，所以在上，数为二。商族以鸟为图腾，二卵符合族源，所以商王都冠以隹豕。隹是短尾鸟，在上方，凸显其族源；下方为豕，是后代。那么，六身呢？在商卜文里，六为房子“宀”，六同陆。上为首，下则为身。六身等同于陆身，即下身，即后代。笔者推测《春秋传》大概就是这个意思。又《淮南子》：“九月为阂。”“门”意同“宀”，“宀”借用为“六”，这就是所谓六身。二卵、二女、二子共六（身）。

《淮南子》有乙亥、丁亥、癸亥等纪年。其时间顺序在冬天，一年生植物是二月生八月死，而“亥”是九月。卜文“亥”字，“一”为地，“丆”是无，添斜笔丿则为有。这即是“阂”。《淮南子》写于西汉初，两百年后的许慎写作“荄”。“荄”同“阂”。因此，许慎的一些话是可取的。亥在戌后，戌死，亥处于无、有之间，其字为“阂”：被关在门内而不得发生，所谓“咳咳然也”。《说文解字》：“戌，灭也。”九月阳气微，万物毕成，五行土生于戊，盛于戌。白居易诗句：“黄鸡催晓丑时鸣，白日催年酉前没。”年与酉相持并论，可知其所在月份在冬初。

虽然“亥”与“豕”都指猪，但有细微差别，不能完全等同。“豕”为实形之动物，而“丆”为意想字，故颇难诠释。《淮南子》：“帝张四维，运之以斗，月徙一辰，复反其所……指酉，酉者饱也。指戌，戌者灭也。指亥，亥者阂也。”可知，刘安与许慎的认识相同。其实，历法都是这样认识的。又

① 徐中舒．甲骨文字典．成都：四川辞书出版社，2003．1612．

农历七月，“太岁在戌，岁名曰阉茂。”此“阉茂”易认识，即灭也。《辞海》中释阂为阻隔、阻碍。

商卜“隻”，是商族的图腾形文字。上为传说来源符号，即双卵。《诗经·商颂·玄鸟》：“天命玄鸟，降而生商。”下方是指商族的后代，即子孙后代，如此看来，“亥”则是婴胎。“亥”已经出现在商卜的纪年中，意为十二月。十月怀胎而生子，子者字、贰也。亥的十二月即母子。这是图腾字的内涵。而“亥”同“豕”，取猪多子的意思，这是大家同意的。其遗存的文字有“家”。“家”是“豭”，后来省去“叚”。所以，“亥”与“豕”有同有别，若不认识其差别，则糊涂而不清。

二卵有雌雄之别，所以“亥”指雄性、男性，“豕”是指雌性、女性。母系氏族社会以母为家，与男子短时结合则为“豭”（雄猪为“叚”，昏来晨去），后代沿用母系氏族的“家”为“家”。故“隻”为雄性图腾，“彖”为雌性图腾。

关于“亥”字的义项

甲骨文的“亥”字，徐中舒认为尚未有定论。笔者支持其意见。

西汉刘安写的《淮南子·精神训》：“夫精神者，所受于天也；而形体者，所禀于地也。故曰：一生二，二生三，三生万物。”这是笔者认识“亥”字的理论根据。

从前的甲骨文研究者，对许慎的“亥”字的解释不加以研究细思，而是舍近求远，所以未能认清“亥”字的真实意蕴。下面让我们从甲骨文的联系组合来认识“亥”字吧。

“无”字甲骨文作丅、才。“有”字，甲骨文作“又”（后来加月）。“一”在创造文字中有时可表示地。把如上三者合在一起即为甲骨文的“亥”字。“亥”字之为物处于有与无之间，看不见摸不着而只可意会。无而不断发展上长上升，直至地表下（接近地表）。这就是亥处在有无之中。

“咳”可以是咳气、咳痰。咳在喉为“无”，吐出则为“有”。这是有无间之物。所以许慎写：“象裹子咳咳之形……亥而生子。”许慎说的是“咳咳”（在腹中），出生则为孩子。许慎又说“亥，荄也。”这是植物之亥。时节阴阳影响植物生长，所以许慎又写：“十月微阳起接盛阴。”

亥，古文𠀅。其下方如“巾”字，是使“亥”字人性化，已经掺入遮羞之布，是较晚产生的同形同义同音字。

关于《春秋传》所说：“亥有二首六身。”郭沫若举巴比伦十二宫为根据，舍近求远，真是吃力不讨好。其实，“二首”是指父及母之首，另二胎儿之首尚在腹中。而“六身”呢？此“身”是指腹部，胎儿就藏在腹中，父、母与子三人共六脚。脚在底下如根，没有根就没有其他，因其先有而提及。

以上就是关于“亥”字的义项的论述。

“己”字的含义

罗振玉说“己”字像弋射之缴。郭沫若赞同罗振玉的说法。叶玉森则说“己”字像纶索之形，取约束之义。

本来，“缴”为生丝小绳，“纶索”大致上分类都是绳索，取其质地柔软而坚韧细长之意，然而若具体分类则名目繁多。

许慎言：“己，中宫也。象万物辟藏诎形也。己承戊象人腹。𢀳，古文己。”徐中舒评曰：“不确。”又曰“按叶说近是。”可知，“己”字尚无准确解释。然而，许慎的话是有一定道理的。

“己”，最初是用在天干地支的记时中。许慎就是从这里作为解释“己”字的基点，它关系时、地及其内涵，所以很复杂。“中宫”、“诎形”、“人腹”，等等，笔者认为中肯而不易理解。“中宫”相当于人腹，可以叫子宫吧？“诎形”是子宫里的万物。“己”在天干排第六位，在地支中亦排第六位。这不是巧合，这是古人造字时的精心安排。《淮南子·精神训》：“女子怀胎十月：一月而膏，二月而胅，三月而胎，四月而肌，五月而筋，六月而骨。”这“筋”、“骨”，有如古文的“己”。怀胎是夫妻男女共同完成的。“己”字由三个短横及二个极短竖相连，用意极微妙。笔者认为上下两横为父为母，中间为胎儿，三横都是骨。而短竖则是筋脉相连。商代的卜文骨字的上部是骨骨相连而成。

“己”指自己，是人，不是物。从物理解，其基点不对。（己、已、巳，最先有分别吗？大概没有）已，淮南王认为是已定形之时。巳，是蛇（或为蛇形）。

汉代铜镜文有“己”的写法，这与上文的“中宫”相符合。

甲骨文的“亡”或写作“厶”（同以、似）。例如“嬴”的头部亡即是。《诗经·周颂·良耜》有“以似以续，续古之人。”以：新生儿；其中的“似”：生下像先人一样的后代。“以续”指新生儿（后代）可接续祖宗为其后代。“耜”的音来自“似”。《诗经·大雅·思齐》诗曰：”思齐大任，文王之母。思媚周姜，京室之妇。大姒嗣徽音，则百斯男。”大姒：正妃。嗣：接嗣后代，即多有百男；泛指文王后代，并非大姒一人所生。又《左传》有

“吾不以妾为妫。”妫是正妃，不是一般的名号。

接下来举几个甲骨文中的例子：

1. 佚八七一，戊午卜行贞、王宾雍己、肜夕无祸。文中的“雍己”怎么解释？“雍己”之解很别扭。笔者认为应理解为胎。“己”里面上方的“口”是精子、卵子的生成物。这就是许慎所谓“象万物辟藏诎形也”。试译为：王与嫔妃（祈生）交媾有孕（欣喜），光辉的夜晚，无祸害。雍：和谐，通“壅”，通“拥”。“雍”的“亠”指屋子里；“雍”的“乡”在此代表王；“隹”则为无尾鸟，代表宾（隹或鸟是商族的神，如燕子）。所以“雍”理解为王和嫔妃在屋子里和谐相拥（即交媾）。己：“雍”的结果，即生成物，可以理解为胎婴。肜夕：兴高采烈的夜晚。无祸害：没有祸害。这条卜文：“卜行贞”指到行宫，意为：卜在行宫中发生的事情是否好运。

2. 乙二六四〇，贞于高妣己御。试译为高妣自己用。这个“自己”，十分明确。

3. 佚八八八，辛巳卜贞王亥上甲即于河。这里的“己”为，如子、蛇，但“巳”为产出；而“己”则在腹中。

甲骨文中另有二例：1. 己中有一个口，即“巴”。2. 己中有一个日，即“㔾”。笔者认为“㔾”与“巴”为同一个字。二个口是表示男女各占一口（精子、卵子）。而“己”中的日字是代表阳性之精子。“口”在甲骨文中所代表的东西是多方面的，即许慎说的“象万物”。

商卜文“乙”字考释

“乙”指商代的农用小木刀，形状变曲。用“乙”挖取野菜时，手不会因摩擦沙土而受损伤。“乙”的弯角，形状像鸟、像匙，是商代精美的小工具。

徐中舒在《甲骨文字典》解字：“所象形不明。郭沫若谓乙象鱼肠，吴其昌谓乙象刀形，故乙义为刀，训为轧，唐兰谓……乃玄鸟……按以上诸说皆无据。”① 这样看来，则“乙”尚未定论。

“乙”的形状：三短直二弯角。此形状像鸟：嘴为头、中为颈、下为身体。唐兰说“乙”像燕鸟，只说对了一部分。

“乙”的形状又像匙，与今天的灰匙刀、把子、颈、刀片体类似，又像瓷制品汤匙。这样的造型，因为小，灵活轻便，容易使用；又因为弯角，垂直挖取或平斜铲取野菜时，使手掌不会被沙土划破皮肤。使用小木刀的“乙”，应在铁使用之前或铁使用初期。“挖”字中有“乙”，表明挖洞穴窑洞用的工具是小木刀乙。《诗经·大雅·绵》中对洞穴是用“陶复陶穴，未有家室。”“陶”是什么工具？大概落后于“挖”这小木刀工具吧？可能是刀耕火种的刀，也可能是木刀一类，或木刀、铁刀并用。

“轧轧”犹乙乙。《史记·律书》：“乙者，言万物生轧轧也。”《辞海》解释其意思为发芽时的艰难情况。《史记·月令》：“其日甲乙。”郑玄注：“时万物皆解孚甲，自抽轧而出，因以为日名焉。”“抽轧”即发芽，有小小的枝叶。所以许慎解释：乙象春草木冤曲而出，阴气尚强，其出乙乙也，与丨同意。这“丨”即是嫩干。能成活的种子才能称为“孚甲”，“孚”即孚而发芽成活，活了，芽与种子的甲才分离，称孚甲。这种草木弯曲，近似灰匙刀，尤其是勾形豆科植物，它的孚甲像阔大刀板（耜）。孚甲即种子能发芽；否则，不能称孚甲。吴其昌谓乙象刀形，有其合理之处。

《诗·国风·谷风》：“采葑采菲，无以下体。”葑：萝卜类植物，其地下块根在较硬的地方拔不出来，若用小木刀乙即可挖出来。人们用力压木刀入

---

① 徐中舒．甲骨文字典．成都：四川辞书出版社，2003．1538．

土挖取。《辞海》：轧：用车轮或圆轴辗压。“轧”音同札、节。抽轧：抽札。抽札自然要用点力。

小而硬的小件可称为匙，汤匙、锁匙、抹灰刀匙，推而知之，“乙”应有小义。

《精编金石大字典》：畏，是鬼持棒子，让人害怕的形象。[①] 畏字：鬼的左下方有乙，在此乙为鬼所持的棒子。棒子都是木制品，在此只有直与弯曲之别。据此可证，棒子与乙的质地是相同的，都是木。

① 忠周．精编金石大字典．合肥：黄山书社，1988．554．

商卜文字里的哲学理念

这是一个很有趣而且很深奥的题目，论说起来不一定圆满，并且也不一定能让读者认同。今试以“自求多福”几个字为例分析之。

“自”在卜文中是入V在其中间相交连而成。这个形象表示鼻孔，中间为空洞鼻腔，与实体鼻孔大体相同。两个构件之所以向上或向下，可以粗略地理解为两个孔洞，深一层认识则可以理解为表示一呼一吸，这已经涉及鼻子的功能，是很奇特的构思。这一呼一吸，被精明的道家所运用，也就是新陈代谢，人与自然的奥妙关系亦因此而生产，而自然规律就是道，“道可道，非常道”。天（道）人和谐，是我国古人所特别强调并身体力行的。今天，全世界都在防止水土、空气受到污染。这个问题，因为关系到人们的健康，关系到经济可持续发展，所以至关重要。

“求”由又（手），第一笔是横向下弯角撇，第二笔变为竖直，此为手，两旁的四点是所要求取的东西。有一种挠痒的小竹工具，其一端似五个手指头，可以用来挠痒，称为“不求人”（挠痒）。这个“求”字无意间成了小手工作坊制作者的小发明。工具虽小，但对人们的生活很有帮助。

“多”在甲骨文里是两片肉。写作“夕”（近似），楷书变成上下两个“夕”字。其形象已经与其源头大不相同。要认识“多”字的意义，不能根据楷书，而要根据甲骨文或金文。因为“多”的演变是因近似而误写，又因约定俗成而定性。

“福”的左边是神台，最初的构造是丅，后变成示。右边是祭神的罐子，盛着碎肉或汤汁等东西。人们祭神求福，而神把东西还给人们亦是福。可笑的是清代末年有不识字者把门符颠倒着贴，如今有一些人（包括识字者）亦跟着把“福”字的门符颠倒着贴。把神台推倒，神还会高兴吗？污秽的食物人们还会喜欢吗？

神是什么？神是雷电，是自然现象。上古的先民不懂，便设想有雷电神、雨龙、云神、山神，我国至今仍保留着众多自然神形象。电与神就这样被附会在一起了。这是唯心的思维。西门霸治邺，把装神弄鬼要给黄河神娶亲的大小巫婆丢到河里，却请不到河神。曹植想当然地把虚无缥缈的洛神撰述了一番，然而只有他一个人看到，而跟随他的众人却没有看到，暗示着这是他虚构的。神是人造的，不可信。

“亡”字与“以”字的关联

金文的“亡”字写作亾。人逃跑时藏在坎坑里，使自己不容易被外人发现。这是逃亡的本义。《说文解字》：“亡，逃也，从入从乚，凡亡之属皆从亡。”

“亡”在上古的文字中，作为偏旁构件，应用的范围颇广。现代汉语则是把逃亡结合在一起。古语有“亡羊补牢，未为晚也”。还有“羸”、“嬴”、“瀛”等字，则与“亡”的本义既有差别又是相同之处，必须加以详察。

《淮南子》有“孟春始赢，孟秋始缩”的短语。赢，盈也，说的是一年之中生物的自然规律。“雄兔脚扑朔”，扑：向前伸扑；朔：往回缩。“盈”、“朔”在古文中常用。这里，只谈贝壳类的、人类的部分，以金文作为依据加以分析。

《国语》：“赢缩转化，后将悔之。”注：“赢缩，进退也。”又有赢绌：伸屈。《吕氏春秋》：“故凡能全国完身者，其唯知长短赢绌之化耶。”贝壳类生物，其头肉能伸出壳外，又能缩进壳里，十分灵活。

秦嬴，嬴妃簋。嬴，唐嬴卣，毛公鼎。以上字例，其最上部的“亡”均作ɓ，其他部分与楷体变化不大。其复线型是贝壳，三条有叉的是脚足，中间部分是肉。ɓ可以作“亡”，道理是什么呢？“亡”可以让人看不见，又可以让人看得见。赢（伸），就是看得见；缩，就是看不见。ɓ与“亡”通用，那么，ɓ亦有赢缩的内涵。“嬴”几乎成了女子的代名词，其中的符号“女”即此意。

笔者认为最先使用“嬴”字的可能是东方氏族人，在周初的齐国或更早一些。春秋时，《礼记》：“延陵季子适齐，于其反也，其长子死，葬于嬴博之间”。嬴城在今山东莱芜西北。嬴城应早于“葬于嬴博”这个时间。嬴城近东海，出产大海螺。贝壳在古代曾是货币，而大海贝的价值更高。它可以盛食物、盛水，甚至是热水；它可以做刀子用来收割稻麦的穗子，所以其价值应该更高。许慎言：“社肉盛以蜃，故谓之祳。天子所以亲遗同姓。”这是古老时代的遗存，蜃壳（螺壳）是很贵重的宝物。然而《说文解字》只解释“嬴”为“有余贾利也”，这未免太过简单。“嬴”可以代表人，也可以代表姓氏（如秦族嬴姓）。秦的先人原住在东海边，是产嬴之地，对嬴的认识亦最清楚。嬴肉可以伸出壳外，亦可缩进壳内。这与"亡"的意义颇相同，故能通用。嬴姓在旧石器时期已存在。嬴是大海螺，可从"往"字的金文得到确认，厚大的螺壳与筐有其相似性。《史颂敦》的"往"是：，这是把羊放在箩筐中把它运走之意。

让我们把"嬴"与一些有共同点的字来作比较吧。毛公鼎有"能"字：；古代有台国，约在今山西；诅楚文"熊"字，指楚王熊相，金文作。这三个字的头部相同，都来源于姓氏，与人有关。

（伯鼠父敦：鼠），鼠肉即肉脯。若与（嬴）比较，则知"嬴"字除壳外即为肉，这可能是嬴贝的干肉脯。可知"嬴"原来是贝壳生物。

有一个大家熟悉而又十分奇特的字，可以借鉴，加深理解，那就是娘：（克鼎）。《精编金石大字典》的编者认为："此字从'即，亡声……'此为娘古文。"这里要注意娘（母亲）及下方的"亡"字符号。

既然"亡"能伸能缩，这下方与头部有时意义相同。如"帝"，当然以头部为主，而"蹄"却为下文的脚蹄。按照上古时代的习惯，如商代把有后代或能生育儿女的妇人称为"好"（如妇好墓的"好"），已生育子女的称为娘。这下方的"亡"是指娘亲肚子里的胎儿符号。嬴肉是柔软无骨的，腹中胎儿亦然。这是以此喻彼，互相借用。

"以"字在古代写作，金文作（宗妇敦，季子白盘）；（汉山碑）；已（汉代善铜镜）。这些字例实为异体同音字，而则与嬴的头部相同，即与"亡"相同，意义相同。

不管字头的或是字尾的，都是整体一部分，是有生命的，不能分开。那么，开头的是其首，末尾的（如娘）则是在腹中（在身的下部），意为腹中之胎。头部能嬴能缩，而末尾就只能固定在腹中，就如"孕"。

这是文字的部件可以通用的典型字例，只能从其内涵去了解。所以，嬴、娘中的"亡"可通用，属造字中的通假。

笔者认为"嬴"来自贝壳生物，用于人名及姓氏则变成"嬴"，用于地名则仍然是"嬴"，用于货币也一样，用于裸（嬴）则是贝壳的肉，或指刚出生的婴儿。"嬴"有时离开其外壳，则成了裸虫（《辞源》释裸虫：通指无羽毛鳞甲蔽体的动物），"嬴"若成了裸虫，形象就如。"亡"被相似的事物所借用而广泛化。

“朕”——年轻

甲骨文中有“朕”字，解为：“从舟从关，象两手奉器治舟之形。或省舟。”①《说文解字》：“朕，我也。阙。”段玉裁、戴震均释作小缝。徐按似可从。试举几例，如下：1. 贞朕刍于斗。2. 甲辰卜王羌弗戋朕事。（以上二例“朕”均为第一人称主格代词。）3. 贞王令……朕方。（方，国名）从以上三例分析，“朕”还没有成为专有名称。

从卜文中去考察，“舟”与“关”成左右结构的占多数，上下结构的占少数。笔者认为“朕”是掌舵人、艄公或者撑舟人。左右结构的“朕”字是从“舟”的两旁撑舟，撑具只用长条竹竿或木条均可，此物容易获得。而艄公用的舵形物，可用棍子、长板子（在商代，铁器仍不多，此物较难制作）。至于上下结构的“朕”字，撑舟的形状则更容易认识。

先前的“朕兆”引出“缝”的义项，值得商榷。所以徐中舒有“似可从”这样模棱两可的解释。所谓“朕兆”者，是认为“朕”即兆。笔者认为“朕兆”是“朕”，舟竿刺水时（朕）引起的波纹（兆）。“朕”上下结构的形态，其中的“八”最为明显。“八”即分即谷（八），这是水波纹。波纹多如兆，合乎事理。

关，即手中的撑竿要直、长、小，这符合“视其朕，欲其直也”。所以，“朕”应取其直，不一定要取“缝”，“缝”是从“兆”引申出来的。但“朕”有“小”的含义。

《诗经·周颂·访落》：“於乎悠哉，朕未有艾。”朱曰：“艾，如夜未艾之艾。”②“朕”是成王的自称。他又自呼为小子。所以，“朕”有年轻、年少的含义，不一定要释为“缝”。

《诗经·小雅·庭燎》“夜如何其？夜未艾……”此句中的“艾”指尽。

《辞海》：“艾：止：尽。”③ 如方兴未艾。

“朕未有艾”中的“艾”指未老。扬雄《方言》第六言：“艾，长老也。

---

① 徐中舒. 甲骨文字典. 成都：四川辞书出版社，2003. 948.

② 朱熹注. 诗集传. 长沙：岳麓书社，1989. 267.

③ 辞海编辑委员会. 辞海. 上海：上海辞书出版社，1979. 529.

东齐、鲁、卫之间，凡尊老谓之叟，或谓之艾。”成王自称为“朕”是指还年轻未老。在此，“朕”与“小”（年轻）就挂上了钩。

文字的创造者不仅聪明，而且是特别懂哲理的人才。“朕”竟然可以代表王者、国家，从商至周及秦，都如此。因此，用弯曲、细小的舟缝，来代表帝王这权势高位者，依情依理都是说不通的。而高贵富有者，用舟、桨、艄公都能说得通。

《说文解字》的作者大概没有看到甲骨文中的“朕”字，因此解释得不太正确，今人不一定要按照其小圈子去认知“朕”字。

《诗经》中的图腾遗存

图腾是外来语，中文与之对应的词是“图像”，而图像直至汉朝才较普遍地在语境中使用。图像的产生比文字要早。图像崇拜的记录在我国最早有《诗经》，但只有文字之名却无图像，最明显的是玄鸟、螽斯等。比如上古陶器有人头像口中叼着鱼（只见骨刺），但未有文字说明。

传说中的黄帝，是族名，不是人名。黄土高原在今陕西、山西等地。地分东西南北四方，但还有一个中心的“中”。那时，以黄帝为中心，即以黄土为中心，于是，就认为他崇拜黄土，黄土为黄色，故黄帝曰：“土气胜”，其色尚黄；禹曰：“木气胜”，其色尚青；商汤曰：“金气胜”，其色尚白。《淮南子·应同》载，周文王时“赤乌衔丹书集于周社，文王曰：‘火气胜’。火气胜，故其色尚赤”。这可以认为是色泽崇拜。而周族还有乌鸦崇拜。为什么崇拜乌鸦？据说乌鸦能行老道，即年轻的乌鸦能饲养年老体弱的老鸦，此即乌鸦能反哺之意。

周族还有螽斯崇拜。《诗经·周南·螽斯》：“螽斯羽，薨薨兮。宜尔子孙，绳绳兮。”薨是群飞声，绳是不绝貌。这是比兴，故朱熹说：“众妾以螽斯之群处和集而子孙众多比之。”螽斯即蝗虫，它能飞跃，热天繁殖极快，这是周族的崇拜。此诗来自《周南》，周南是周公旦的封地，是正诗，能真正反映周族的思想观念。

更典型的是商族。《诗经·商颂·玄鸟》诗云：“天命玄鸟，降而生商，宅殷土芒芒。”《诗经·商颂·长发》又曰：“有娀方将，帝立子生商。”这虽然是传说，但也是最原始最可靠的材料。朱熹曰：“高辛氏之妃，有娀氏女简狄，祈于郊禖，乙遗卵，简狄吞之而生契。其后世遂为有商氏，以有天下。”①这里要注意的是玄（燕）鸟及商族的来源始末。所以《春秋传》亦曰：“商汤有景亳之命”是也。这里的事与玄鸟的内容基本相同，但时间相隔却很远。

我国有文字可考的是商朝的甲骨文，而在甲骨文之前只是陶器上星星点点的一些文字符号。甲骨文中有一个很奇特的字，这就是“㠶”上下合体，

---

① 朱熹注．诗集传．长沙：岳麓书社，1989．282.

专家们认为是商王亥。徐中舒在其《甲骨文字典》写道："王亥，般先公名……盖殷人以鸟为图腾之故。"① 甲骨文有例云："辛巳卜贞王隻上甲即于河。"其中有合体字"隻"是商王之名字。请看另一例：其告于高祖王鴍三牛。其中的"鸟"与"隹"同。由于写的时间不同，故未能统一。这两例甲骨文是最真实的图腾资料，非常宝贵。

检阅文献《左传》，鲁隐公十一年（前712）有文曰："秋七月，公会齐侯、郑伯伐许。庚辰，传于许。颍考叔取郑伯之旗蝥弧以先登。"请注意其中的"蝥弧"旗。这是郑国郑伯（在今郑州）的崇拜图像，用图像而不是用文字表示。这样就更形象更清晰，而后代更多的则是用文字。

① 徐中舒．甲骨文字典．成都：四川辞书出版社，2003．1621．

秦国青帝

近年考古发现，山东省有古代的密城。据说这是蚩尤时期的建筑物。

山东省位于我国的东部，面临大海，地势较低，众多河流汇集在这里，且草木繁茂，所以，齐国中有“青州”之名，取“三草并生”之意。

《中国历史大事年表》记：在秦代（前422）“秦灵公三年，作上下畤，上畤祭黄帝，下畤祭炎帝。”①

《中国历史大事年表》记：前672年“秦在渭南作密畤，祭青帝。”②

“日”又音“密”。日没有亏缺，故曰实、密。而月则有圆缺，不密不实。密畤比上畤、下畤早建两百多年，似乎有些奇异，值得我们推敲。因为青帝在西边，似乎沾不上东边的事。

蚩尤的部族被打败后，被放逐至三危，而秦非子所在的岷山等处是三危的管辖地。蚩尤原在东部，被追捕至西部。秦族原来在东部，今在西部，自有其原因。秦嬴姓，来自大海螺，同属钱币而受众人重视。

根据考古而知，山东省发现的古老城址，叫密城。山东部族最崇拜日。日者，密也。报道说：“一座淹没五千年的历史古城（致密城、又殷密城）蚩尤城，位于山东省汶上县南旺湖区，葬蚩尤首。又称阚城。”《诗经·大雅·荡之什·常武》有“阚如虓虎。”总之，历史文献里还有一些关于蚩尤地、蚩尤族人的零星资料。

《韩非子》中有：“昔者黄帝合鬼神于泰山之上……蚩尤居前，风伯进扫，雨师洒道。”因此而遗留下来的民间风俗有“还泰山”之拜。

致密城，苗族语叫作“直密力”。现在，云南省的苗族农历十月祭蚩尤。在花山祭场中树立一根高大花杆，挂三尺六寸长的红布叫蚩尤旗。资料记载，蚩尤族战败后，其族人四处逃命，大概逃至江西、云南、海南（黎族，因改名而为苗族）等地。

山东省有关于浑水河的介绍：“须昌县有致密城，古中都也。”

《中国历史大事年表》记：秦统一天下后，“改用建亥月（十月）为岁守”。农历十月，已是冬季，日短夜长。冬季过后日又变长。又，妇女十月怀胎分娩，是胎儿的一始一终。这与黄帝历（蚩尤历）同步（遗存）。

---

① 沈起炜．中国历史大事年表．上海：上海辞书出版社，1983．53．

② 沈起炜．中国历史大事年表．上海：上海辞书出版社，1983．52．

“薛”字具有一定的时代意义

“薛”在商卜里是一个图腾符号。由于其被文字抽象化，内涵模糊了，因而其真实意蕴也被遗忘了。

《甲骨文字典》中有十三个“薛”字。辛下方藏“月”有的有七个字、藏“阜”的有六个字。形体高而大的是辛，其上部居正中，其中下部向外挺出而后向下、向内弯斜，月或阜细小、藏在辛的腹内。如此图腾自有其内涵。此字最先出现在山西省西部的河东，据说是黄帝后裔的一个姓氏。如此，则黄帝时期及其后来的时期是父系氏族时代。男性夺取了女性的权力，其斗争既激烈又复杂，自不待言。权力，用什么来表示？武器！夏执玄**戉**，商执白**戉**，周执黄**戉**。夏以前呢？限于资料，我们只能以黄帝的后代薛姓为代表来探究，那就是辛。我们暂且把辛当作石凿子或铜凿子（此时可能还没有铁，考古发现，在商代有铁，在辛地、运城被发现）。

薛姓把铜辛凿子当作权力的象征，并用此武器来镇压女性。这藏在“辛”下方的细小月形，即为妇女。日为阳，为男，月为阴，为女。那么“阜”呢？天为阳则地阜为阴。妇女的归宿为阜、帚，如上所述，阜、帚都表示女性。阜者在下，是被人们所坐卧的地方，“阜”字即由此而得。

《宋本广韵》：“薛：国名、亦姓，出河东……黄帝任姓之后裔孙奚仲居薛，历夏殷周六十四代为诸侯……薛，草也。鏨，田器；薛，断也。”① 这田器断的金属工具与铁质相同。《急就篇》：“有奚仲者，为夏车正，受封于薛，后迁于邳。而仲虺居薛，为汤左相〇其后称为薛侯。”② 不管是车正还是左相，都是有权势的一员。这与“辛”旁很有关联。黄帝是父系氏族社会的初期代表人物。姓薛的人是其后代，最先居住在河东。黄帝的活动地点在山西，而他的墓地却在陕西。这个图腾文字被写成“薛”。据说黄帝时的仓颉造字，故“薛”这个表示姓氏的字，可能很早就创造出来了。其内涵是什么？根据徐中舒的引文，他解释为凶咎。笔者并不认同这个解释。我们还是从甲骨文入手来认识它吧。

---

① 宋本广韵．北京：中国书店，1982．471．此本根据张氏泽存堂本影印。

② 史游．急就篇．长沙：岳麓书社，1989．72．

黄帝所处的时期是父系氏族社会的初始时期，家庭的组织形式还不是很牢固。薛姓颇能反映这一特点。“薛”字由两部分组成，辛从上至下、高大的上部至中间则向外挺出再向下成弧，有的还添上小撇，弧内是细小的月。这是图形字。我们把高大部分依旧译为“辛”。辛是凿形器具，由利器代表有权势的人，一如“我”由武器转变为人称代词。因此，过去许多人都把“辛”当成刑罚的工具（动作），因而意为治。“治”是后来的意义，并不是原来的内涵。《说文解字》释嬖：“治也。而嬖字盖薛字之伪……”[①] 因而，徐中舒详细释义：读为孽，为凶咎之义。笔者不同意此说，“薛”首先是姓，然后才是引申义。

在此，辛是人，是有权力的男人。从权力的角度审视，父系氏族夺权初期，必然会采取高压手段，对女性加以诸多限制甚至还有可能要进行镇压，以确立并巩固父权。周朝初期以及汉朝初期都有“母鸡无鸣”的限制措施。后代把“薛”字释为“治”这个意思，因此而来。然而，男女又必定要相亲相爱，卜文的“薛”字就有此意。这就是“辛”旁之所以高大而修长的用意，就是末尾一小撇的意图（大概是指阳性生殖器）。商族的图形文字有“鸟亥”，而“薛”是“辛月”，可以互相启发而认识。

那么“月”呢？月变化较大且有其合理的发展。月，历来代表阴性、女性，造字者的意图是明显的。月有圆缺：圆，表示怀孕；缺，表示生子之后。月之所以形小，是无权是卑（婢）。“月者，阴之宗也。”这是西汉初期《淮南子》里写的。商卜刻文者，对于天文历法十分精通，故有此创意。但后来的刻者或读者，与时俱进或由于书写条件的改变而变化为嬖。《宋本广韵》：“薛……泄……渫（治井亦姓渫子古贤者出韩子）……孽（臣仆庶孽之事，谓贱子也）……”[②] 这几个字同韵亦义近，按照这样分析，薛有渫、子之义。这样看来，这些字都与“媾”、“子”关系密切。另外，夏朝的帝王中间有称为帝泄的。可见，“泄”是一个并不陌生的字，只是后来在写法或用法上稍微发生了些变化而已。

甲骨文中的“媾”字，是两尾鱼头碰头相遇，其义为男女交媾。这在《诗经》中有许多事例。“薛”字的含义与“媾”十分相似。但“薛”字中人的因素似乎更多一些，男女的位置权势亦表示得更为合理而明晰些。

此字的写法，把“月”变化为“阜”。在甲骨文中，“阜”字由臀部坐地的痕迹而来。阜是埠地，于是在其上方添一草，以表示其能生产。许慎《说

---

① 徐中舒．甲骨文字典．成都：四川辞书出版社，2003. 1592.

② 宋本广韵．北京：中国书店，1982. 476 ~ 477. 此本根据张氏泽存堂本影印。

文解字》有“辛者罪也，阜者众也，盖谓人有辛，阜以止之。”[1] 他未能见卜文，不用“月”而用“阜”，所以有这种错误的理解。月是阴性，指女人。父系氏族社会时期，女子嫁给男家曰归；“归”字的左边即是阜。这与其源头相一致。

被释为少女的“姬”字，在《山海经》里写作，左为弧线、右为三折的三个并列小三角形。这与二折的“B”有点类似。月变成阜，是否从此而来并都有阴性月、姬之义？《山海经》一书对盛姬之死一节写得很详细。月、少女、姬可以互相启发，而被后代书法写定的“薛”字的左边也与此有关。从流逆源，结果似乎就是这样。

徐中舒举了三条例子，今试释之：

1. 曰己其有薛。试译：说自己有媾。其，语词。若按凶咎解，则是指自己有罪咎，不当。

2. 贞滋风不隹薛。贞此是凤，不是隹，不能薛。风，不当，应释凤。隹，短尾鸟。《说文解字》：“隹，鸟之短尾总名也，象形。”不能为媾。大概是把凤比喻为有权势的女子，不能为媾。若按徐解，此句理解为此风不是凶害之风。依理似乎说不通。这条资料最能够反映此类卜文的内容，文字亦较实在，因此理解起来较准确。

3. 辛巳卜我贞于二月又薛。我正于二月有媾。若按凶咎解，则是……有凶咎。二者依理皆成立，笔者取前解。

综上所述，“薛”字是男子占有女子并掌权的时代的反映。“薛”字反映了由男子组成家庭的初始时期，表示男尊女卑的社会道德标准的初步确立。通过学习和研究“薛”字的形成与发展历程，从而认识文字的发展变化，不但有文字意义，而且有丰富的社会内涵。

---

① 徐中舒．甲骨文字典．成都：四川辞书出版社，2003. 1592.

商卜文中“癸”是水平器

对于商卜文的“癸”字，本文不谈六十甲子中的“癸”，而是谈现实生活中常用的“癸”，即古代的简易水平仪。卜文中的“癸”是一个准十字架，四角分别为东北的寅连线对接西南的未，西北的子连线对接东南的辰。它是由两根平直且一样长的木或竹子组成的。其交叉点扎牢固定，放置于地上，癸器的下方土地高低状况一目了然。若其形短小，可以用于小面积的房基或厅堂建设；若其形巨大，则可用于测田园土地，从而确定可以种植哪些农作物。《诗经·豳风·七月》：“九月筑场圃，十月纳禾稼……”筑场时癸器就能派上用场。

大面积的原野土地只能用目测或观察流水方向的方法，一如许慎所解释：“癸，冬时水土平可揆度也”。这个解释有一定道理，但这只是一个方面，却不能全面回答“癸”的问题。

卜文中的“癸”，有四例的末端都是齐头，说明是棍子。周朝甲骨文的“癸”是由两根带叉的棍子组成的。由此可知，“癸”的材料是平直棍子。其籀文从双（双手）从矢。这里从“矢”可知其材质是木料。

癸的组成角度避开四正（正北、正南、正东、正西），因而知道其代表天之四维。《淮南子》：“帝张四维，运之以斗，月徙一辰，复反其所。”① 这四维连接成线，则与卜文的“癸”字相似。“……平乎准，直乎绳……”古人用树表法要测天象时，地一定要十分平准，表一定要绝对笔直端正，癸器就是专门的器具。

天有五星，《淮南子》：“其图表有如癸形：东方木、春；南方火、夏；中央土、执绳而制四方；西方金、秋；北方水、冬。”② 所以，癸为天，向日葵向日而转，故能卫其足。执绳而制四方，正好是中间的悬绳持着代表四方的癸。

树表，《淮南子》写道：“正朝夕，先树一表，东方操一表……欲知东西

① 刘安．淮南子．长沙．岳麓书社，1994．31.

② 刘安．淮南子．长沙．岳麓书社，1994．25.

南北广袤之数者，立四表以为方一里距……欲知天之高：树表高一丈……”①表所树立的点要绝对水准，表要垂直，才能测得准确。这就要用癸器来进行测量。这亦是符合“执绳而制四方”的宝贵例子。

在阴阳制度中，排在前头的是：《淮南子·地则训》“天为绳，地为准……”②天与地皆包括在癸器里。天是绳，癸是地，形象很清楚。

《淮南子》：“明堂之制，静则法准，动则法绳……是故燥湿寒暑以节至，甘雨膏露以时降。”③ 这里写得更为玄妙，天地宇宙广大无垠，包罗万象，但四季（即节即时）却很容易理解。四季最能证明我国一年的天气及植物的种植及收获情况。

癸在甲子中属天罡第十位，代表天。天开眼为睽，测大地为揆度。“癸”字所涉及的事物都是重大或重要的，这是天字第一。北斗指癸是小寒，指丑则为大寒，这是《淮南子》里的文字。此时，天雨已止，这就是在冬天水土平可揆度的道理。“癸”字的西北角一端正好指子即小寒，测天象之器。如此，则癸器可用于测天象、测地平及方位。

如果在癸器加上南北的经线、东西的纬线，则刚好与八方（八风）相对应，这又成了另一种器。

---

① 刘安．淮南子．长沙：岳麓书社，1994. 39.

② 刘安．淮南子．长沙：岳麓书社，1994. 59.

③ 刘安．淮南子．长沙：岳麓书社，1994. 60.

商卜文中的“以”字及其应用

先有属植物科的圆而大的瓜，后来又用“瓜”来比喻妇女怀孕产子，至商卜文时，“瓜”才写定为文字。

“瓜”是先民常取食的果实，一如妇女妊娠的大肚子，而产子则如瓜熟蒂落。

商代卜文的“以”（似）字，如“瓜”字的简化（卜文中没有“瓜”字），特指妇女怀孕，是专有名词。《说文解字》：“窊，污衺下也。从穴瓜声。”① 这大概是指生产婴儿。瓜、矛，幼小之意，两字意义差不多。瓜与婴儿在此同为一物。

“以”字的源头有三种。

一、植物瓜

《诗经》中记载瓜的例子不少，这对我们认识“以”字很有帮助。《诗经·豳风·七月》“七月食瓜，八月断壶。”由此句可知，瓜是先民们的主要食物。《诗经·豳风·东山》：“有敦瓜苦，蒸在栗薪。自我不见，于今三年。”此诗写战士跟随周公东征，一去就是三个年头。离开时，瓜是种植的，三年后的瓜已经类乎野生，虽然瓜大如陶敦，但植稚并存，可食与不可食的都混杂在一起，不可食的为苦，并非苦瓜（朱熹如此解释，不当）现实是若土地干旱，水分不足，瓜汁少而味道苦涩。

《诗经·小雅·信南山》：“中田有庐，疆场有瓜。是剥是菹，献之皇祖。”“是”指瓜；“剥”指扑打取瓜；“菹”指腌渍。此句意为把泡渍的瓜用来祭拜光辉的祖宗。瓜是先民们祭祀的珍品。所以说，瓜的形象成为启发文字的首要物质。

二、植物的叶子

“以”字的圆形在中部而不在底部，不符合耜的形状，而更符合瓜、孕的

---

① 许慎．说文解字．北京：中华书局，1963．152.

形象。造字者的分寸感很强，富有哲学思维，分析时我们要注意这一点。

《芣苡》是《诗经·周南》中的诗，周南是周公旦的封禄地，所以《芣苡》是很重要的诗。“采采芣苡”中的“芣苡”的茎叶十分柔韧，一般踩踏不死，常常生长在道路两边。商周时期，人们对“芣苡”的认识已颇到位，认为它可以食用且有利于健康（今天用作利尿液）。

“芣苡”的叶子形状与耜十分相似，有如圆心形的铲子。《诗经·豳风·七月》：“三之日于耜”，这是修理好铲土种植的耕种工具。

三、引入人事

《诗经·大雅·绵》：“绵绵瓜瓞，民之初生，自土沮漆。古公坛父。”古公是周文王的祖辈，已用瓜瓞来比喻初民。如此看来，在那时“瓜瓞”已与妊娠产子联系在一起。瓞指小瓜。

《诗经·大雅·生民》有“瓜瓞唪唪”，写后稷（据说被尧推举为农师）种的瓜很茂盛，结瓜硕大。于是我们明白，瓜的食用时间极早，而用瓜来比喻妇女怀孕的时间应该也极早。

在姜嫄、后稷时，《诗经·小雅·斯干》有“似续妣祖”。似：嗣也，即后代子孙。而用“妣祖”暗示母系氏族时代，用字为似，瓜、似、嗣一脉相通。子孙似（嗣）能接续母辈的形象。卜文：“丙辛卜壳贞、妇好身弗以、妇葬。”这条卜文，“身弗以”是生子不成活（死婴），妇把死婴埋掉。以（似）与不似，在卜文中意思十分清楚。

“以”有成熟、成型的含义。所以，贾侍中说：“已者，实也。”“身弗以（已）”，意为怀孕产子、子不活。

《诗经·周颂·良耜》写得更为细致：“以似以续，续古之人。”“以”指怀孕，生婴成活；“似”指成活像人；“以续”指子嗣能接续；“续古之人”即接续祖宗先人。这里的“以”，不能当成介词，而应看作是它本来的意义。现代意义是祭祀不断、烟火不断，所谓“无后为大”。

四、用文字表示

商卜里有“以”字，却没有“瓜”字。“厶人”，其形如车前草的叶子，亦如阿拉伯的“6”，这圆形瓜字后来演变成三角形“厶”，右边的“人”则不变。后来，“以”特指怀孕，而“似”则指独立成人，能接续宗嗣者。在此，不能把“以”字当成介词理解。《诗经·周颂·载芟》：“侯主侯伯，侯亚侯旅，侯强侯以。”这是指参加农业生产的各个单位的人数。“侯强侯以”指指挥人或指挥强劳力者或指挥一般劳动力者。《诗经·周颂·载芟》一诗中提及的主要劳动工具只是“耜”，提及的劳动者则是“侯主……侯以”。因此，“以”是“佣力之人”，是一般的劳动力奴隶。

祭拜一定有祭品。笔者解释的是祭品之名。《说文解字》：“以，用也。从反已，贾侍中说，已意：已实也。象形。”① 笔者认为在这里“已”的意思即已，即实。实，何解？笔者认为是孕、或瓜。《甲骨文字典》：“释以之二为人及也。”② 笔者认为不如释为下、落下。

举几例加以说明，如下：

1. 丁酉卜贞、不以雨。《甲骨文字典》释“不以雨”为不及雨。笔者认为不如释为不下雨。

2. 癸巳卜往伐以雨。《甲骨文字典》释“以雨”为及雨。笔者认为不如释下雨。

3. 寅大启……卯大风自北以。《甲骨文字典》释“自北以”为自北及。笔者认为不如释自北吹来（吹下）。

这儿的下、落，有如瓜熟蒂落。

《甲骨文字典》又言：“释以之三为祭名。”“以”在这里不如释为祭物之名。

举几例加以说明，如下：

1. 辛巳贞以伊示。《甲骨文字典》释“以伊示”为祭伊示。笔者认为不如释用瓜祭拜伊尹。

2. 庚寅贞王米于囧以祖乙。《甲骨文字典》释“以祖乙”为祭祖乙。笔者认为不如释为用瓜拜祖乙。

3. 丙辛贞其告高祖拜以祖辛。《甲骨文字典》释“以祖辛”为拜祭祖辛。笔者认为不如释为用瓜拜祖辛。“贝、拜古并在祭部故得通假，故卜辞及铜器铭文中拜皆有祈亡之意，后世更从手而为拜。”③ 于是，我们知道，若把“拜”、“以”都释为祭，则重复，是画蛇添足。甲骨文中还有例句：“丙子卜拜牛于祖庚。”如此，拜牛与拜以，其用法、语序相同，这更能说明把“以”释为瓜更合乎情理。祭祖一定要有祭品。

前述《诗经·小雅·信南山》有“中田有庐，疆场有瓜。是剥是菹，献之皇祖”。周人用瓜献给（祭拜）先祖。此资料是用瓜作为祭品的最有力的根据。“已巳卜、雀不其以页……”意为祈望雀不要啄吃那圆大如头颅的瓜。

---

① 许慎．说文解字．北京：中华书局，1963.

② 徐中舒．甲骨文字典．成都：四川辞书出版社，2003. 1593.

③ 徐中舒．甲骨文字典．成都：四川辞书出版社，2003. 1174. 另说明：以上几例均来自该字典的1592页。

（页：头颅）。“已巳卜、雀以页、十二月……”意为雀啄吃那圆大如头颅的瓜。这两条卜文，问（神）关于雀是否啄吃大瓜。这儿的因果关系很清楚，主语与宾语亦交代得很明白。所以，这么理解是说得通的。

“……乎取（娶）羌女，有以。”①。有以，即有似（怀孕）。

本文以多种资料，从多方面补充、解释了一些徐中舒释文的不足，基本能自圆其说。如祭品名，商代称“以”，而周代称“瓜”，是说得通的。

① 徐中舒，甲骨文字典．成都：四川辞书出版社，2003，991.

“然”字考释

商代的甲骨卜文没有“然”字，但古老的诗歌总集中有“居然”二字，朱熹把其解释为竟然，这个解释出乎意料，令人很难理解。

“然”在古代可以用作代词，例如：“然也”用得很多。

汉代史游的《急就篇》有：“罗列诸物名姓字。释文：三代之前，姓氏分而为二，男子称氏，妇人称姓……三代之后，姓氏合而为一。于文、女生为姓，故姓之字多从女。如姬、姜、嬴、姒、姚、妫、姞、妘、婤、始、妊嫪之类。”① 这是用“妊嫪”来表示妇女怀孕的过程，但并不是很细致、形象。

史游又说：“丞、下添四点栗绢绀缙红燃。注：燃者，“红色”之尤深，言若火之然也。织物名，名词。”② 红色是形容词，由“若火之然”引申而得知。据此，则“然”有变化之义。

史氏又说：“不肯谨慎自令然。注：然：叶音言。”③ 这里从音似可推知“然”的释义，指这样，作代词。“言”与“燕”同音同韵，而燕、燕子又与古代的生育燕媒有关联。“言”是气，有时又与“人”、“女”假借通用，如“然”与“嬿”通用。

“嬿”的意思又是怎样的呢？《宋本广韵》：“嬿，姓也。又肰、犬肉。”④《左传》：楚有嬿丹何氏姓苑云今苍梧人。上文有“三代之前，妇人称姓”。为什么取此姓？笔者认为是希望怀上的是男孩的缘故。因为以“然”为姓最先出现在楚国，属百越，越王勾践在复国时为了增加人口补充兵员而鼓励人民多生儿女，所以生女孩的则赠送猪肉及酒，生男孩的则送给犬肉及酒。可见“然”与生儿育女有些瓜葛。

“然”是“燃”的本字，此应是以熟食为骄傲的一族人，以此为姓则说明其对熟食的重视程度。

还有一个上部似“公”字、近乎“产”字的上部，但下垂一笔却在右

① 史游．急就篇．长沙：岳麓书社，1989．33.

② 史游．急就篇．长沙：岳麓书社，1989．120.

③ 史游．急就篇．长沙：岳麓书社，1989．306.

④ 宋本广韵．北京：中国书店，1982．117．此本根据张氏泽存堂本影印。

边，下方是炏。此字来自《历代名家篆书字典》，碧落碑，即“熊”字。楚族有以“熊”来作为姓的。如此看来，肉、犬这两种东西是古代肉类的总称，可以视为熟肉食的称呼。

碧落指天。晋出帝指天为“碧翁翁”。《辞海》释碧空：晴朗的天空。碧落锋言碧空。白居易《长恨歌》有“上穷碧落下黄泉，两处茫茫皆不见。”所以，上文的碧落碑篆字“熊”，大概的意思是从天（公的变形字）而降。《诗经·大雅·文王》：“文王陟降，在帝左右。”这是降生的可靠根据。《诗经·商颂·烈祖》写道：“天命玄鸟，降而生商。”即天降而生。屈原的《离骚》有句：“惟庚寅吾以降。”① 屈原所在的这个时期虽比《诗经》所处的时期要晚，但仍用“降生”一词。古人认为万物负阴而抱阳，冲气以为和。即是说，在降生之前，生命是有其自身的形成和发展过程的。

再看“居然”，它是指周族的始祖在怀孕时有安定的住处，目的是保护母子的健康安宁。同时还能提供保养身体的营养，这就要有安全的熟食：然。

---

① 王逸．楚辞章句．长沙：岳麓书社，1989．3．

说“图腾”

在古代的农耕时期，崇拜牛的氏族有很多。在潮汕地区，以前用水牛、山牛耕地的现象十分普遍，大家脑子里对牛是很崇拜的，只是没有图像。有些老人尤其是妇女对牛更为爱护，他们基本不吃牛肉，借这种行动来表示对牛的崇拜，现在这种现象普遍淡化了。但是，在我国的西南方如广西、云南等地区，仍有图腾。广西有些富有的苗族在田园的小河或小溪堤岸上树了不少大木柱，木柱上挂着牛头骨，而有些大木柱的顶部还雕刻着牛头像。这些动物头像是一种图腾，是对有大功于农民的动物的崇拜，其由来已十分久远。

《左传》记载着这样的一件事：前712年“秋七月，公会齐侯、郑伯伐许。庚辰，传于许。颍考叔取郑伯之旗蝥弧以先登……周麾而呼曰：君登矣！”① 郑伯的崇拜物是蝥，并用其作为旗帜的符号图腾。《左传》哀公二年写一场战事：晋国的赵简子又名赵央，在战争中被郑师的郑子姚打死，其蜂旗被夺去，后来又被人夺回。这里的旗蜂就是赵氏一族的图腾标识。

周公旦的封地在泰山的西边，称为鲁。鲁，即是鱼，很多鱼，成堆的鱼。这一说法的根据为《甲骨文字典》：“鲁，从鱼从口，口象坎。泽中水竭，鱼乃露于坎，故鲁之本义为露，后通旅、胪，陈也……”② 鱼陈于坎，利于大量捕获，故鲁又称为嘉。这是表丰富之意，产品丰富，是鲁国的嘉美食物之意，代表着国家，是国家的象征。敬仰亦是崇拜。黄河河水经常泛滥向下方流泻，鱼儿随波逐浪迁游。此时鱼儿何等的快乐，然而雨过天晴，乱流逐渐收缩，水地逐渐因干涸而变小，水里的鱼儿由稀少变繁多，成了“鱼乃露于坎”：小水堀，一片鱼儿丰收的景象。

“齐”是三棵种苗，意为利于种植，是丰收的景象，代表着国家希望人们为生活在该国而骄傲。像鲁、齐这两个国号、国名，从古老的图腾转变为周朝的标识，可以视为图腾的变异。《说文解字》：“齐，禾麦吐穗上平也。象形。”③

---

① 左丘明．左传．长沙：岳麓书社，1998．12．

② 徐中舒．甲骨文字典．成都：四川辞书出版社，2003．383．

③ 许慎．说文解字．北京：中华书局，1963．143．

住在西北部昆仑山的西王母，在《山海经·穆天子传》中是一个老虎婆，其实是她披着老虎皮衣、脖子围着作为饰品的老虎牙齿。所以，她在古代人的笔下成了一个形象凶恶的老虎婆。

《山海经·穆天子传》有文：“西海之南，流沙之滨，赤水之后，黑水之前，有大山，名曰昆仑之丘。有神人面虎身，有文有尾……有人，戴胜虎齿，有豹尾，穴处，名曰西王母。”① 后来，在汉代人的笔下，西王母成了一位貌若天仙的少女。老虎是西王母氏族的图腾。由于时代久远，文字表达不详细，所以造成了隔代性的误会，以致产生笑话。

东北地区有东北虎，虎成了东北一些氏族的崇拜图腾。这些氏族在虎图像的头部上方，又加上一个饰物：上为一弧线，下面中央连一条垂线，既增加了美感又使其更加人性化，更凸显其图腾的意蕴。

从文化的发展先后来观察，物体有形象可以描摹，所以图腾比文字更早产生。因而才有仓颉创造文字而使天鬼哭泣的传说，因为文字的意义将更大而且影响更久远。图像则没有这样巨大的影响力和社会意义。《淮南子》：“昔者仓颉作书，而天雨粟，鬼夜哭。”② 从中可知文字的意义有多深远！

商族的图腾是燕子及其卵子。这在古代的民歌里已有文字记录。《诗经·商颂·玄鸟》：“天命玄鸟，降而生商，宅殷土芒芒。”玄鸟即燕子。朱熹概括地介绍：高辛氏之妃，有娀氏女简狄，祈于郊媒，乙遗卵，简狄吞之而生契。其后世遂为有商氏，以有天下。

吴越的图腾是什么样子？这可以从一些相关的文字叙述中加以认识。《左传》：“吴大伯端委以治周礼，仲雍嗣之，断发文身，赢以为饰，岂礼也哉？有由然也。”③ 这则资料表明吴越图腾的两层含义：一是不忘其本，即吴不忘其是来自周族。二是吴已经随越俗，在海滨热带，所以“断发文身”像龙子，又以贝壳为装饰物。

《吕氏春秋·仲春纪》：“是月也，玄鸟至。至之日，以太牢祀于高媒。天子亲往，后妃率九嫔御……”④ 由于事关人民的繁衍生息，所以礼节郑重。

《水经注》有文曰：“漳水又历经县故城西，水有故津，谓之薄落津。昔袁本初还自易京，上已届此，率其宾从，禊饮于斯津矣。”⑤ 三国时期战乱纷争，袁本初还有闲情逸致到水滨禊饮，由此可见此日的意义非常重大。

---

① 郭璞注．山海经·穆天子传．长沙：岳麓书社，1992．169．

② 刘安．淮南子．长沙：岳麓书社，1994．79．

③ 左丘明．左传．长沙：岳麓书社，1998．398．

④ 吕不韦．吕氏春秋．长沙：岳麓书社，1994．8．

⑤ 郦道元．水经注．长沙：岳麓书社，1995．164．

最典型的是东晋时王羲之等文人骚客，在水边，借水流杯，吟诗去宿垢，与众不同。《兰亭集序》："永和九年，岁在癸丑，暮春之初，会于会稽山阴之兰亭，修禊事也。群贤毕至，少长咸集。此地有崇山峻岭，茂林修竹；又有清流激湍，映带左右引以为流觞曲水，列坐其次。"如此雅兴集会，难怪备受后人羡慕。

《左传》记："后于黄帝氏五个时代的少皞挚时已有……玄鸟氏，司分者也。"① 司分即春分、仲春，于是我们知道，春分合男女是从过去就有的。而至三国曹魏时改春媒为三月三日，从燕鸟图腾变成数字，即从形象变成抽象，其直观的趣味性消失了。三月三日这个节日一直延至唐宋时期。这是天人合一，是向自然界的动植物学习生殖成长而得来的结果。

西南少数民族的侗族、黎族等都有三月三日这个节日。每年三月三日这天，每个黎族男女青年都盛装打扮，跳起打竹舞，吹起鼻箫，唱着动人的情歌，欢庆这一传统佳节。而在侗族，每到三月三日这天，男女青年都要跳着芦笙舞来到莫嘎树下，瞻仰桥生、良英留下的脚印，侗家后生都要到金塘洞边，向自己心爱的情妹讨笆篓，讨葱篮，互相定情，共表衷心。这两个少数民族庆祝三月三日这个节日的传统都涉及青年男女的爱情，古今相同。桥生、良英的英雄故事是他们心里的图腾。

---

① 左丘明．左传．长沙：岳麓书社，1998．322．

“我”字与“义”字的关联

“我”、“我们”现在是作人称代词，但其字源是武器，有多个尖刺的武器，如《西游记》中猪八戒的九齿钉耙之类的武器，其右边即为三牙尖刺的“我”。“我”与“石”结合即“硪”，夯土用的石硪，是武器名词。潮剧的“我”有时念作“俄”，这是古音的遗存。

“羊”与“我”结合则成为“义”。《辞海》：“公正，合理而应当做的。”“情谊”、“不取报酬的”；蔡文姬《悲愤诗》：“海内兴义师，共欲讨不祥”；《史记》：令陛下“兴义兵，诛残贼，平定天下，海内为郡县，法令由一统。”又指“正义的战争”，如“春秋无义战”。

羊是吉祥物，篆字的“善”即为羊之言。羊代表公正、情谊。用羊祭神称祥，与武器结合则成义。义战、义勇，即指为为正义而战。秦末农民起义，项羽这位战神成了打败秦军的主力。秦的势力被完全打败之后，项羽想到天下征战已经很久，人民很艰苦，要休兵，好让人民休养生息，于是主动与刘邦共分天下，以楚河汉界为分界线，因此项羽三军大呼万岁，解甲而东归。刘邦却撕毁墨迹未干的协约，乘机出兵，打得项羽溃不成军。项羽退走至乌江时，有一义士驾舟要渡项羽过江。但项羽把乌骓龙马送给义士，自己则在乌江边自刎而亡。义士驾的舟，司马迁撰字为“舣”——正义之舟，情谊之舟。项羽是好样的，所以后代有诗称赞他：“生当作人杰，死亦为鬼雄。至今思项羽，不肯过江东。”

我的甲骨文之梦

一

商唐王（“唐”与“汤”同音同义）与卜文辛在一起研究刻文，两人争得面红耳赤，王者以王自恃，刻者则以熟悉卜文而据理力争。争论的是今天的“上”、“下”两字。按照惯例，“一”代表地平线，线顶为上，线底为下。

王说：“轻者上升为天，下者坠落为地。”

“但是，用什么符号来表示呢？我心中无数。”卜文辛说。

“上用羽。”

“那么下呢？”辛反问，又接着说：“不妥当呀。”

“用一点。”

“一点？一点，与‘主’字混淆，不妥。”辛摇头。想想，又说：“用一竖画。”

“用一短横吧！就这样定吧。”王肯定地说。

辛即刻：二，二。今天的楷书则为上、下。

二

商汤王：“卜文辛，应该有一个传递火种的专用字。你去想想吧。”

经过一些时间，卜文辛即向汤王汇报：“用活的火种，省力省时，确实应该有专用字。传火种要行动，要有行动的字旁，左边用走字吧。右边要有火字，且要被双手高高地举着，才安全可靠。”

汤王：“行，你的想法有道理。你刻出来吧！”

辛马上刻好字并呈上给汤王。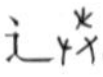。写成楷书为“送”。

三

甲骨文的创作者，因其聪明隽哲，令我十分佩服。

薛姓，据说是黄帝的后裔，最先住在山西西部，后为庶姓，建国时则在蔡、楚之间。其卜文是一个大而尾部略向右挺出并朝下弯曲的“辛”字，

“辛”字的肚子里藏着一个“夕”字。的含义是什么？

时至商朝，我认为“辛”字的主要义项应是铁制器物，郭沫若先生认定其为施刑的铁刀子。辛是铁刀子。周成王曾说：“自求辛螫”，把辛比喻为蜂的尾刺，硬而尖，一如铁辛之细长锋利。

薛是姓氏，与夫妻男女关系密切。所以在这里，“辛”代表阳性、男子，“夕”则表示阴性、女子。黄帝之后，男子当权，家庭产生，“薛”字则有了这些内涵。

楷书的“薛”字，把“夕”写成“𠂤”，且“𠂤”能生长草卉。从阴阳之性来看，则“夕”犹“阜”为阴性。有一定的合理性。

对于孽，《辞海》有：“古时指庶子，即妾媵所生之子。”[①] 孽即庶子，且由薛得音，可知其关系。

蘖——木上生长的“薛”，此“薛”怎么解读？《辞海》注音为 nie，释义为“树木的嫩芽。”[②] 此是树木的母子关系。

二例的总体关系相当，都是由母体（薛）产生的子体，主次分明。从子推母，答案可知。

四、吴

首先出现的“吴”字是姓。吴的始祖是周太王之子大伯仲雍，建国于今江苏苏州。吴，或指大声说话，或指高歌。娱乐则高歌，乐极悲伤则误事。

“吴”或写作“虞”。虞为管山林的官员。《辞海》：“通娱。”[③]《诗经·鲁颂·閟宫》：“无贰无虞。”孔颖达曰：无有贰心，无有疑误。

五、庚

郭沫若先生认为“庚”是“有耳可摇的乐器。”徐中舒按可以。

我有另一种解释：有耳可摇，小绳子系耳则可摇。这里要说的是它与小绳子有关系。“庚”字的线条给人的印象是柔软的。

庚是庚织草鞋。草鞋是脚底用物，应该很早就出现了。甲骨文“庚”字的上方开叉向下，下方开叉向上，中间一直线相连接，中部整体是已具雏形的草鞋。天文气象有：东有启明（启明星特别明亮，尤其是在它升空时更为闪亮），西有长庚。长庚是星名。庚是草鞋，名词。名词转为动词，是普遍规律。脚穿草鞋，从东向西行走，结果是东方的启明星（名称）变成长庚星

---

① 辞海编辑委员会．辞海．上海：上海辞书出版社，1979．603．
② 辞海编辑委员会．辞海．上海：上海辞书出版社，1979．605．
③ 辞海编辑委员会．辞海．上海：上海辞书出版社，1979．1999．

（名称）。因其行程一天，经半个天宇，所以称为“长庚”。

草鞋的庚织方法很简单，我曾学过。把三条草茎一端打结固定（亦可用五或七条）来作为经线，把脚伸长后套在脚趾处，横的纬线用三十几条，如此操作则成草鞋。

《宋本广韵》有：“庚、耕清同用。”从这里可知，庚耕的方法有其相似之处。闽南话的潮州方言属同音字。如此，亦可互证。“庚，更也，代也，赓续也；平，易也；耕的同韵有绷：北萌切、葛绷束也。”这些法式均与“庚”相似。

庚：编织草鞋（已成草鞋）。《诗经·魏风·葛屦》：“纠纠葛屦，可以履霜。”“纠纠”指缭戾之意。夏葛屦，冬皮履。葛屦即用葛皮为草鞋的庚作材料。魏在黄土高原的河曲南北，可说明黄土地域的庶民生活，先前的商朝人亦生活在这里，与甲骨文的庚草更有渊源。

《甲骨文字典》有左上庚右下又的字，又即手，笔者认为是编草鞋。

例1：鼎、惠和庚又用。其意为用了谷的果实（惠和），（其茎草）转为庚织草鞋之用。

例2：……庚又中又至。意指可用为庚织的草茎（拿来）到了。

六

这里选出一些字，在我所认识理解的范围内，设想推理创造这些字的过程，基本可以成立。敬请方家指教。

谈《诗经》中的几个疑点

汉代的诗歌中有《青青河畔草》，其中有："客从远方来，遗我双鲤鱼。呼童烹鲤鱼，中有尺素书。"这鲤鱼，是指形状如鱼的两片木，中间夹着信。这是流，其源头即是"媾"（两鱼相遇）。双鲤鱼暗示着这是夫妻间往来的书信，是媾义的延伸。

新石器时代的陶器中，有绘着人食鱼的图片，是十分珍贵的文物。周公旦的封地在泰山的西边，称为鲁。鲁与旅、胪同音可互用。黄河常泛滥，鱼随水流，当水浅水涸之时，鱼即归集在水较深的地方（池），这时，鱼多露出水面，这即为鲁：上为鱼下为池。徐中舒《甲骨文字典》："从鱼从口，口象坎。泽中水竭，鱼乃露于坎，故鲁之本义为露，后通于旅、胪、阵也……鱼阵于坎，利于大量捕获，故鲁又训嘉（口变成日）。"[①] 一尾鱼、两尾鱼相遇，其中的内涵大不相同。

先谈《诗经·周南·芣苢》的"采采芣苢"。芣苢即车前草。车前子的叶子贴近地面，有如它的萼托，这即为芣苢。芣，卜文怎么解释？《甲骨文字典》："象花萼之柎形，乃柎的本字"。[②]《诗经·小雅·常棣》："常棣之华，鄂不韡韡"郑玄笺云："承华者曰鄂，不当作柎。柎，鄂足也。古音芣柎同。"《说文解字》释"芣"，不确。我们按照徐中舒的解释来读《诗经》，理解起来应该更为正确。其叶柔软耐踩踏，生于路边，故曰车前子。

"苢"呢？朱熹注音为以，应是错的。诗中用苢、之来押韵，三章皆是如此。古音，"以"、"苢"通用。又如《豳风》是周朝初期的诗：有句"三之日于耜，四之日举趾。""耜"和"趾"为韵。

车前草的叶子，柄长而坚韧，叶子近乎圆形。这叶子的形状与篆书"以"字十分相似，可以视作其素描。挖土工具的耜，形状近乎"似"。这"似"用今名可称作铲子，铲板略同于桃子形，有如军用铲子。"苢"、"以"、"似"。从实物的车前草至篆体符号，以至于被运用到诗歌中，其发展的脉络清晰易懂。

---

① 徐中舒．甲骨文字典．成都：四川辞书出版社，2003．382.

② 徐中舒．甲骨文字典．成都：四川辞书出版社，2003.1267.

再谈《诗经·秦风·驷驖》里的“驷驖孔阜”。这四个字与甲骨文有不少联系点。先看“驖”，注曰：“黑色如铁也。”随着铁器的使用的普遍化，其黑色的特点已深入人心。这与商卜的称谓不同，商时铁是新生之物，是稀罕物，所以认识的人极少。铁的名字一直沿用至今，是普通之物。《诗经·召南·采蘋》又有：“于以湘之，维锜及釜。”这是铁质的器皿，用来煮食物之用。这是周公旦时的事。在商代的铁称为“辛、丁”，所以人们并不熟悉。铜制的则是金垒之类，其色金黄。

对于“𠂤”呢？朱熹注为“肥大也”。这“肥大”是怎么一回事？《诗经·小雅·伐木》有“如山如𠂤”注曰：“大陆曰𠂤。”这埠地之𠂤，很容易理解。《诗经》中还有“阜螽”，即大陆或埠上的螽（蚱蜢）。于是我们知道，马肥大，臀部平展阔大一如埠地。《甲骨文字典》：“加藤常贤谓𠂤字本为横书作……形，象人之臀尻。按加藤说近是……”① 旅途中坐卧及休息之处亦为阜。如此奇特的文字符号是古诗文留给后代人的珍贵文化。从卜文“𠂤”到“师”及“帅”，再联系到人的臀部及行军坐地休息等，这个文字符号的密码终于被破译。

接着谈《诗经·小雅·斯干》里的“下莞上簟，乃安斯寝。乃寝乃兴，乃占我梦。”其说的是诗中的主人因为睡具的完美齐全，所以睡得十分安稳。然而睡至半夜，主人却半睡半醒，（寝：睡；兴：半醒）天亮后，主人请人给他谈谈梦境中的含义。

梦中的内容且不谈，梦中的情景是“乃寝乃兴”，即或睡或半醒。人们常说日有所思，夜有所梦。主人睡时是高兴的，因为睡具完美齐全，心满意足，所以其梦幻亦是好事善事：诸多丰收景象。这里特别要注意“梦”这个字。

梦是一种潜意识的活动。日间所想的问题，未能找到答案，于是在睡觉时，这些细胞仍在活动，于是便成了梦。商卜文中有梦字：“苜冖夕”上部的意思为“乃兴”，即有些知觉的半醒状态；下部为“乃寝”的睡眠状态。上为目半亮（有艹遮蔽），下为暗如夕夜。“梦”字最先有房子“宀”，有睡床片，这就是寝，寝中生梦，与现实相一致。“梦”字这么组合表述，基本清晰，可以意会，可以理解。《宋本广韵》释为“寐中神游”；《说文解字》：“寐而有觉。”这比弗洛伊德要早三千年。

《诗经·小雅·无羊》一诗云：“牧人乃梦，众维鱼矣……大人占之：众维鱼矣，实维丰年……”这些诗句，可以互相参照。

《诗经·秦风·小戎》有句：“言念君子，载寝载兴。”朱熹释为“言思

① 徐中舒. 甲骨文字典. 成都：四川辞书出版社，2003. 1500.

之深而起居不宁也”。这样解释，只中鼓沿。其实应该是日有所思，夜有所梦之意。“载兴”是半睡半醒之意。

然后谈《诗经·齐风·南山》里的“析薪如之何？匪斧不克。”根据资料估计，此诗大约作于公元前694年。这是春秋末、战国初，这时的铁还相当稀少贵重。要把木材薪破开分片，提及一定要用铁质刀斧，否则难以如愿。物以稀为贵，何况是可以用作武器的坚硬且锋利无比的铁！

《诗经·豳风·伐柯》云：“伐柯如何？匪斧不克。”用铁斧砍伐大树干。这是周公旦之诗，写作时间极早。所以用铁斧是一件了不起的事情。

《宋本广韵》有：“太岁在辛曰重光，又姓夏启，封支子于莘。莘辛声相近遂为辛氏。”① 这是由姓而转变成物名。辛之为物的形象是小而长且尖锐的东西。后来又变成金属物（特指铁器）。我们所要说的是铁凿子，商朝没有铁之名，周朝才用铁之名。

铁斧是大型刀具，因贵重而较难得，容易得到的是铁凿子。《诗经·豳风·七月》是较早创作的诗歌，其中有“二之日凿冰冲冲”之句。冰是颇坚脆的，要成块状，才容易搬运、贮藏。这用料较少的凿子是用铁制成的。《诗经·豳风·破斧》写道：“既破我斧，又破我锜。”锜，凿属。意同后来的铁尖枪。《诗经》里还有用木作为武器，如“又缺我求”。求，木制的武器，即木棍子；不是每个战士都有铁武器。《诗经·召南·采蘋》：“于以湘之？维锜及釜”。锜，有足的鼎；釜，无足的锅，都是铁制的器皿。

由于周朝初期，铁既稀少又贵重，所以特别选择些事例为佐证材料。

《诗经·唐风·扬之水》：“扬之水，白石凿凿。”，这是唐国黄河边的岩石像铁凿子那样坚硬而且锋利，由名词而变成形容词，是文化符号的进步运用。

从实物形态变为文化符号，这中间有一个十分奇妙的演绎过程，如果能合情合理地加以理解，给予解释，则正确中肯，否则就会产生错误。阅读文化符号时是否能正确地理解它们，就要视其文化修养及其思维能力的高低。古代诗词之所以难以准确解释，其原因正在此。古文字学在辨析过程中已涉及这个问题。有的字大家的认识都一致，无须争议；若对一些细节的看法不是很一致，也已基本得以解决；若理解时差距太大，那么就很难得到定论，只能存疑，等待后贤去解析了。甲骨文、金文或古史中的一些问题便是如此。

再谈一谈《诗经·豳风·七月》里的“塞向墐户。”冬天来了，农夫从野外的庐房回到村庄居住，整理住房，塞填北向的窗户。用什么东西堵塞？

---

① 宋本广韵．北京：中国书店，1982．82．此本根据张氏泽存堂本影印。

用苇箔做基料，再用黏土涂抹苇箔，使外边的冷空气不能进入室内，这样室内就更为暖和。这是俭工俭本的建筑方法。

这种用黏土涂抹的方法一直沿用到近代，新中国成立前，农村里有不少草厝，在冬天，有些人就用黏土涂抹草墙，堵住呼啸、寒冷的北风。

还有更典型的，笔者的先辈在南宋来到潮州，后来在潮州定居下来。第一座厝就是土库。近来，在对房子进行整修时，我们发现了一些特殊的材料。墙壁下方用石条（这是宋代建筑物的风格特点）或贝灰，中间部分用木板或贝灰，最高部分外边用贝灰涂抹在以竹篾为编织物的外边。啊，如此墙壁，不见，怎么会知晓呢？因陋就简，到此地步，不可思议。

笔者曾拆修明代初年留下来的老屋，惊讶地发现：那屋顶瓦间照明的居然是海中贝壳而不是玻璃（那时还没有玻璃）！人们的生活一般说是与时俱进的，生活用物亦如此。

最后谈一谈《诗经·唐风·羔裘》一诗。黄土高原的窑洞生活，在我国的历史长河中占有很重要的位置，而《诗经·唐风·羔裘》一诗对其就有所反映。其诗属唐国，时间及内容都属于最古老的一部分。诗共八句：

羔裘豹袪，自我人居居。岂无他人？维子之故。

羔裘豹袖，自我人究究。岂无他人？维子之好。

唐国的中心地区大体在今天的山西太原。这是唐尧时曾经居住的地方。朱熹在其解题写道：“唐，国名，本帝尧故都，在《禹贡》冀州之域，太行恒山之西，太原太岳之野。周成王以封弟叔虞为唐侯。”而后，三家分晋（唐），晋唐不再存在。因此，我们认为诗反映的是唐国时的古老生活。

黄土高原与黄河是一对孪生子，为我国人民所熟悉。黄土高原造就了黄河。这个地域，是夏、商、周时期这些信史及该时期的人物所活动的中心。黄土高原最适合挖窑洞，而诗中的“究究”可能就是窑洞。周族的祖先曾经居住在山西的黄土窑洞。《诗经·大雅·绵》有文：“民之初生，自土沮漆；古公亶父，陶复陶穴，未有家室。”注释为：沮、漆，一水名，在豳地。陶，窑灶也；复，重窑也；穴，土室也。大体说，两诗写的住处都是窑洞。豳地近西戎而苦寒。时代与窑洞大体相近或相同，可比性强，更容易理解。

《诗经·豳》，解曰：“豳，国名，在禹贡雍州岐山之北，原湿之野。”①这里是指弃子不窋自窜于戎狄之间。公刘（不窋之孙）立国于豳谷。十世徙于岐山之南。岐山的位置很明确，因此，周族的生活习惯更可以认知。泾渭分明，就在这里（今陕西）。

---

① 朱熹注．诗集传．长沙：岳麓书社，1989．101.

为什么选择《诗经·唐风·羔裘》这首诗？因为朱熹有文："此诗不知所谓，不敢强解。"今试解之。该诗写唐国大夫妻室的知足生活心态。

西周初年，国君穿着的标志是纯羊羔皮制造的衣物，而大夫穿的是豹皮。其中的袪、袖都指袖子。这是指贵族的衣着极其高贵。

诗的难点在于"自我人居居"。"自"可释由；"我人"即我。"我人"，我们很少见，但是"他人"却常见，如"岂无他人"；等等。"居居"，意为我民住的窑洞。居住，动词；窑洞，宾语。"究究"，意义同"居居"。虽然如此，但是有一些差别。"究"，《宋本广韵》释为谋、深。所以，"究究"可释为居住的窑洞广大深美。《诗经·秦风·权舆》云："夏屋渠渠。""渠渠"注释为：深广貌。

此诗共两章，其写法相同，先写结果，后写回心转意的女子追求其男子（丈夫）的心态。但由于诗句的文字难以解释，所以朱熹才说"此诗不知所谓，不敢强解"。其实弄懂了文字，亦不难理解。

"羊裘豹袖"这样的衣着装饰，反映了诗中男主人公高贵的大夫身份。但更值得寻思的是其皮革衣物。兽皮容易得到，此其一；其二为该诗写得早，其野性可以从皮革的穿着得以认识。这在《诗经》中颇难找到，而衣裳等柔软衣物则很普遍。这是选择解释此诗的初衷。至于笔者的理解是否得当，要视读者是否认可了。

附录　刺破青天锷未残

——评饶宗颐教授的书法

在人文学科以及艺术诸方面，饶宗颐先生均有卓著的成就。艺术虽然分门别类，各有其技法特点，但亦有其相通之处，所以能互相渗透促进，使其更臻精美完善。本文拟谈饶先生的书法一艺。

一、根基扎实——良好的家学

饶家的啸天楼藏书多达10万册。饶宗颐的父亲饶锷学识深厚，著有《西湖志》，尤致力于考据文学。他的《王右军年谱》手稿，表明他对书法艺术的探求，这对其长子饶宗颐的启发教育一定很深。父辈懂得的技艺要指点及传授给晚辈，既知道路径方法及精微所在，自然能收到事半功倍的效果。谓君不信，请看，1929年（饶宗颐生于1917年夏），父亲撰成《莼园记》（莼园是其家中的花园，有小凉亭、假山等景物），“命长男宗颐书而镌诸壁”。年仅12岁的孩童所写的书法，被其长辈及亲友认可，一定很不错。由此可见其父辈指导的严格与得法，而饶宗颐自己亦能勤奋力学，不辜负其聪慧才智。

从饶先生的文学功底看，他是诸门功课并进学习的，并非专攻书法。但在书法方面，12岁的饶宗颐就已表现出相当的功力。他的绘画、音乐亦攻读不辍。傅雷在《观画答客问》中说得好：“技术也，精神也，皆有赖于长期修养。”他善弹抓筝，这可锻炼其指力、臂力以及灵活性。指力、臂力对于操管写字，是首要的条件。如果是手无缚鸡之力，怎能写出力透纸背的书法？古人不是有持剑追蛇之举么？舞剑练其臂力，追蛇观察游蛇姿态。弹筝时手指的前后左右迅猛移动，亦如游蛇之动。书画同源，先生是书画兼长，互相促进。画之构图有利于书法的布局，而画的线条更是与书法无异。先生的一些佛像，是专以线条书成的，一如晋朝顾恺之的“游丝描”。历史上，不少大书法家往往也是大画家，只有一专的书法家并不太多。因此，著名老画家黄宾虹批评那些浅薄的画人：“因用笔太快，轻率浮躁之气未能涤净。”黄先生有其切身体会，才有此深刻的论断，诚为金玉良言。他又说：“笔之腕力不足，则笔不能管墨，即腽腫成为‘墨猪’。”他对书画的互相渗透亦说得很中肯：

“故工书者必学画。”这是黄先生对于要达到高境界的要求。饶先生正是擅长书画，相得而益彰。

二、良师益友的启迪

先生自小既聪敏又勤奋，青年时期，不但承传家学，而且不断地向全国书法名家求教。他追慕任伯年，广求知识，拓展思维，立下深厚根蒂。1935年，他才18岁，就写了《金文评议》、《说文古文考》，直追文学书法的源流。学乎上，得乎中，他一治学即入正道，故后来能取得丰硕成果。他在中山大学就职期间，参与王云五《中山大辞典》的撰稿，这项工作，使先生对字词的音形义的认识更为精微深刻，文字之功既深湛浑厚，书写起来自然另有一番浓情新意。当时的大学问家顾颉刚曾委其编纂《古史辨》（后来由于抗战而中断）。先生的博学与创新精神，是国人所熟知的。这创新对先生书法的独辟蹊径，无疑是至关重要的。他书写的字幅中，有不少古体字，自有其源流。隶书的凤尾来自汉隶，而隶书的雉尾（这里将先生所书的变形凤尾暂且叫作雉尾。他的横划收笔时突然向上跃出，形小而短且尖利，有如短雉尾之矫健有力）则来自缯书帛书，取法甚古，得力于广博的学识。

三、读万卷书

伟大的学者无不读万卷书。因为只谈论其书法，就只谈他熟读并研究的我国的各种文本书体。他自己写道：“书笺日千纸，心动手无据，目龟蛇蟠，一笔忽飞去。”这是他勤快地读书并研究古文物的甘苦与喜悦。甲骨文是我国最古老的文字，是汉字的源头。先生不但研究，而且成果极丰，书厚盈寸的《殷代员卜人物通考》陈列其书架，他曾在日本讲授甲骨文。甲骨文刻画如蚁脚触角，可学其记刻之精细准确，形体之鲜活。先生书写的书法笔画矫健，灵活多变，养分似自此而得。

他的《随县曾侯乙钟磬铭辞研究》、《长沙出土战国楚简初释》亦直探金石文的源头。其考释的功力暂且不谈，单是其对书法的流程变迁的认识，就不同于从书本上所得，裨益殊大，对书法艺术的借鉴与提高，更多更高。同时，他还研究了出土的《缯书》，且有专著问世。他还以此缯书的字体，写了一幅书法。至于潮州西湖山、金山的摩崖石刻字，是先生青少年时就摹写了的。学习石刻字，对于笔力的提高，帮助更大。另者还有《楚辞书录》及敦煌书法探求及论著，都涉及书法绘画艺术 。像千流万壑归大海一样，使先生的书法风格能兼收并蓄，取众长而铸就自己的书法风格。这是其书法多样性的来龙去脉及成因。近人杨守敬论书法时曾云：“一要品高，品高则下笔妍雅，不落尘俗；一要学富，胸罗万有，书卷之气，自然溢于行间。古之大家，莫不备此，断未有胸无点墨而能超轶等伦者也。”杨氏所说的条件饶先生皆已具备。再看黄宾虹说的：“用笔之法，书画既是同源，最高当以金石文字为根据。”饶先生正是根据金石文而创造出其隶体的。

四、走万里路——真知灼见

对于书法的研究，见书法之多，足迹之广，要找到一位可与先生匹敌的怕是一件难事。我国的 20 多个省份，先生是眼看、足踏了的。至于环球世界，美、法、德，他也曾生活过，因其是表音文字，怎样吸收，不敢妄说。至于印度、泰国、日本、韩国，有的是使用象形文字，有的是受我国文化的影响极深远。国度虽然不同，但其书法的用笔与风格，自然有独特之处，值得借鉴，而这些国家的山川风貌、艺术承传，亦有触类旁通的启发。在澳洲，他有写生之作，这是师其自然，一如他自己所说，是“好游山矣”，获得造化不拘一格的江山之助。他是印度班达伽东方研究所的永久社员，他是香港艺术馆博物馆的顾问，由此可知，其艺术成就之高超。他在许多国家举行过书画展，受到很高的评价。韩国誉他为“当代硕学名书画家”，并不过分。

五、硕果累累

我只能看到饶先生一部分的书法，即饶先生在潮州的纪念馆中的展品，以及部分题签和一些石刻书法，在香港的则未能目睹。从字的大小看，有蝇头小楷、大楷，碗口大的联字，大至几十厘米的大字。从字体看，有楷书、隶书、篆书、缯书、甲骨文、金文等体，其中以隶书最多，且已达到炉火纯青的境界。

小字，或整幅多字，或画图上的题字（字多不拘）。他有一幅《般若波罗蜜多心经》的蝇头小楷，端庄严整，一笔不苟。其笔画细而健，给人以干净利索的感觉。下笔厚重锋利，尤其是撇或草字头之处。草字头三笔，皆如橛子，坚尖而凌厉，给人以充满锐气的感觉；余撇则如刚淬火的宝剑，锃亮多锋芒。要想从字帖上找到相似的字实在不易，六朝小楷浑厚稳重，唐朝的小楷稳当含蓄，皆不类此小楷。其风格有点近似明代文徵明的小寸楷，但又比文氏的硬朗些。他有一纸《六丑试谱》的音乐词谱，字体为指头大小的隶书，风格与他的隶书无别。

他的隶多为题签（3 ~4 厘米）。这些题签写得得心应手，熟练自如。《老子想尔注校戕》、《九龙与宋季史料》等隶书题字，较为平实，似不能体现饶字的特色。《楚辞与词曲音乐》、《楚辞书录》、《人间话评议》隶体较活泼，最能体现先生的风格。其中的两个“辞”字，一为简写的受与辛相结合，繁体的为一般写法，但变左旁下方的“又”为“寸”（其义为手之意）。“乐”字一如古代乐器架之形状，变上部白字两旁纟边为三点带撇，形如撞钟时发出的声音，下部“木”字四笔紧密相连，不带笔亦不捺，使人联想起乐架的形态，十分美妙。姜白石《续书谱》有言：“魏晋书法之高，良由各尽字之真态，不以私意参之耳。”饶先生的不少字体，能“尽字之真态”，意境高远。潮州市地方志近年出版了一套反映古今潮州的图书，其中《潮州人物》是饶先生题签的。此题字大约 5 厘米，可视为中楷。字为楷体，但渗以隶意。我认为此四字写得非常健美：其结体宽疏明朗，落落大方；行笔舒卷自如，心手相应。这样的书法，看后令人心情舒畅，志气昂扬。其中“州”字三竖笔如果安排不当，则会显得呆板可憎。但这“州”字的第一竖笔以较粗的斜画为之，中竖笔则略直而短些，第三竖笔则比其他两竖更粗壮些，并以似跃非跃收笔，故结体与笔力皆佳。“人”字只有两笔，颇难处置。此“人”字的第一笔直撇而短小，并略提其尾，使笔意与第二笔虽中断而暗续。第二笔则比第一笔长大四五倍，以变化、对比的隶笔表现（第二笔大而健，特别强调其捺，形如斧子，阔大而锋利）。“物”字虽是楷书，但第一、五、六笔均有所加重强调，使这几笔深具隶意，笔力雄健。这四个字，画少者写得肥，画多者写得瘦，纵横潇洒，中规矩而不俗。我想起颜真卿关于书巧的精辟见地：“意外生体，令有异势，是之谓巧乎。”

1996 年为了纪念潮州金山中学 70 周年校庆而书写的“多士向臻”四个字行笔稳重，下笔如筑（颜真卿曾精辟地解释：“筑锋下笔，皆令完成，不令其疏之谓乎”），结构严密，字体略长，虽是楷书的，但多隶意。筑锋之笔，以“士”字中的二横笔最明显。“臻”字中的左旁的“至”字，先生以草书书之，小而长，与端正的“秦”字结合得极为紧密，虽然草楷不大和谐，但整体仍颇完美。此四字的笔画多少悬殊，但先生以高超的技法处置之，故此四字幅精妙可喜。这是先生 80 高龄所书，但从结体行笔观察，先生握笔稳健，思维严密连贯，精力充沛，不亚于青壮年所书，“潮州人物”四字灵活而美，“多士向臻”则严谨健美，与《书王孟津句》的多字联幅风格一致。由此，可见先生书法的熟练程度，风格稳定独特。

先生的大字联幅不少，在其纪念馆里，有一幅特大的山水画，画的中间为奔腾的流水，两边为悬崖峭壁，前方为近景的小沙石滩杂树。联字为“声华满虚，述作凌江山”。（二点为冰，此为冰字吧）联字的内容是对画的点睛概括。字大30多厘米，隶体，错落有致，气势磅礴。另一联亦是隶书：“汲古得修绠，荡胸生层云。”内含书者胸怀志气，学问修养，治学精神。此四幅字结构宽疏，运笔深沉。他又有一楷体大字幅，字大绝30公分，内容为：“移柳待莺对竹思鹤，按图索骥误笔成蝇。”从此联可窥作者的创造精神——反对剽窃抄袭；这与他的学贯中西，融古通今的学问相吻合。书法庄严雄健，笔力千钧。这楷书大字在先生的书法作品中较少出现。此楷体大字与一些题签（如“多士向臻”等）与《书王孟津句》的风格相似，可知其技艺精湛成熟。

先生还有大字篆书、缯书字体的条幅，以及金文、甲骨文等，此处就略而不谈了。

他的石刻字，在潮州的有几处。韩山师范学院伟南楼的石刻字，见者赞不绝口。字大约25厘米，是隶体。这联字是先生为其香港同乡好友编撰并书写的。联字为：

伟业昌文教，南州重德徽

对联以陈伟南先生的名字为联头字，在赞颂陈先生热爱文教事业的同时兼顾潮州重视文明道德素质的培养，十分得体。陈伟南先生是一个支持教育事业，爱国爱乡的热心人。联中的南州大体说来可指古潮州的地域，即拥有指上千万人口的韩江地区。两相比较，个人小些，地区大些。所以此联的内容能大小兼顾，非常完整。联中用了一个古写的“德”字——直心为德。添加一点古味，更耐推敲。此十字结构疏朗，笔画壮健，很能体现饶先生的书法风格。

与伟南楼联字大小相当的还有潮州韩江北堤上韩愈祭鳄亭的联字。其联为：

溪石何曾恶，江山喜姓韩

且不说联中对仗之美妙，只说其句法与内涵。亭在野外江边，北可眺望凤凰山，东可瞭望黄田山，东南可直视笔架山、金山和西湖山，近可俯视滔滔韩江水，故以溪石江山为联头词，选择精当。上联为反诘句，意思却是肯定的。先生在此大作翻案文章，案翻得好。这是因为韩愈治潮时曾有一篇祭鳄鱼文，视此江为恶江。作者以史为据，从而构思出上联，所以意义深远而文字美妙。下联着眼“风物冠南方”的潮州瑰丽的江山。有的江名、山名因为韩愈的到来而改姓更名。此亦继承了描写潮州山川的历史遗留，宋代的陈尧佐、杨万里都有此说。如此风物意境，如此思想内涵，饶先生采取了以隶体为主而兼篆体的艺术表现形式。此联的字大约16厘米，结构严谨，笔力扛鼎，坚健有力，较好地表现了联语的艺术旨趣。但“韩”字是一个（弯脚）篆书，与全联书不太协调，对整联的气韵有所影响，因而比“伟业”联字逊色。

大字可以韩山师范学院的“校史馆”为例，三个字结构稳健，气势刚强硬朗。虽字大至50多厘米，但笔力不减小字，更能说明作者的学力与才气。纵观这些石刻字，均力能扛鼎。

六、结束语

欣赏学习了饶先生的书法作品，其中多次呈现出来的为隶书。究其原因，大概是他晚年多研究地下发掘出来的文物，如缯书、宝剑、磬等铭文，加上以前的甲文篆书等的深厚书法储藏相互生发，有所发现，有所创造，以隶书来表现最为适宜。隶书上承篆体，下启楷体（魏晋把隶书称为楷书，唐朝以后隶楷分家）。先生选择隶书最能体现其治学的收获。他的隶书，常有异体出现，是其爱古一端的流露，如“话”字写作“谮”。先生先后在中国香港地区、北京，日本，韩国举行书画展览，足可证明其成绩卓著。黄宾虹曾评米芾的书法：“笔力扛鼎”。在此借用来评饶先生的书法，也是恰切的。

后　记

《古诗文杂评》的时间跨度颇长，横跨两世纪，约40年。

创作，使我尝遍其中的酸甜苦辣。巧思不得，坐卧不宁；一朝解决，则喜不胜言。如，《诗经·周南·螽斯》：“螽斯羽，薨薨兮。宜尔子孙，绳绳兮。”朱熹释：“绳绳，不绝貌。”虽然正确，但令人费解。蚱蜢是图腾，指祈望多子孙。“绳绳”，如绳索之长长。这来自结绳记事，如“世”字，一根绳结三个结子，即三世或三十年。又如，“陟彼崔嵬，我马虺溃”。“虺溃”，马罢不能升高之病。这不是病，是马罢而乏力，失蹄跪地。虺：螭蛇，爬地而动。方言有虺，即在地上打滚，音毁。

写理论文章、评论文章、考释文章，要做有心人，要多读书、勤思索，如此，可以积累资料，为未来的写作做好资料准备。否则，易犯“无米之炊”的毛病。“燕燕于飞，下上其音。之子于归，远送于南。”“燕燕”与“于归”，不是随意搭配上去的，而是有其深层的内在必然。燕归来是春到，这是动植物生长的开始。燕子与春天几乎是同义词。春天踏青从古至今，从未中断。山西的黄河上下，河南山东，燕岭山脉周边，都视燕子为求婚男青年的代名词，其名称的来源是商族的老祖母吞吃天燕留下的燕卵的神奇故事。其实，那是古代群婚时期遗留下来的，只知其母不知其父的神奇故事。曹操这位文章改革的祖师爷，把它改成三月三日，通俗易懂。“三月三日天气新，长安水边多丽人”是也。不少少数民族还长盛不衰地举行此活动，甚至使其成为旅游亮点，以云南、贵州为盛，以泼水节为最。

对古代文化典籍，尤其是对《诗经》，一些字句还解释得不清楚不合理。如，“居然生子”中的“然”字，朱熹将其当作词尾，“居然”释为“竟然”。这是不可能的，三千年前与三千年后的解释一个样，行不通！为了弄清楚“居然生子”这个句子，我花了很长的时间，思索、查找资料，最终基本弄清楚了，并撰写成文。

“不”字，与其有关的诗句，几乎都作否定词解释，有些是说不通的。“不”字，最先作为名词，几乎不被注释家所认识，或人云亦云，不知所以然。“我心匪鉴，不可以茹。”句中的“不”字，是否定词。茹：柔软像茹草一样。

“九”字，一般把它作为数字解释，不解或少解为他义。其实，“九”字来源于最高处的树枝。如“桥”，上方的“夭”，从“九”变讹而来，因楷书而写作“夭”。“旭”，指太阳升高，不是九个太阳。“雍雍鸣雁，旭日始旦。”日刚升出树梢时称旭日（九：树梢之枝）；旦，指天刚亮时。又“二矛重乔，河上逍遥”此处的“乔”，指矛的高端尖处。“矛之上勾曰乔，所以悬英也。”“上勾”即上九、最高，用原义。

《诗经》之所以难读，是因为我们对其中一些字义的认识不清晰。诗所反映的事物内容，许多是日常生活中普通的事物，但因为社会理念的不同，社会习俗的差异，故而难以理解、难以认识。如“鳏”，男子未娶妻；如今称为光棍。商代的卜文有：“皆用豚、鳏羊。”鳏羊：脱了毛的雄羊。又如，“庚午卜缺贞令登鳏彘……”祭祀时把脱了毛的雄猪放上祭台。舜帝的青年时期未有娶妻之时，称为鳏。“鳏”即光棍，之后，尧帝才把两个女儿婚配给他。这是商代卜文中最先出现的“鳏”字。

这本选集，是我在教学之余及退休后所撰写的文学评论或文字考释，书中所提出的问题，针对性较强，目的明确，可以说是有的放矢。所以，对于教师、学生，在教学古文时，参考性较强，有一定的意义。

至于对文字考释的意义，则见仁见智，不同的人可能有不同的理解，望方家指教。

丁身伟

2014 年 6 月 25 日